あやかし百物語

伊計 翼

竹書房文庫

あやかし百物語　目次

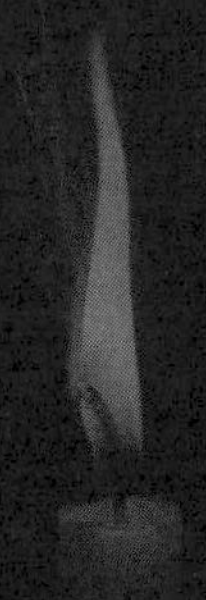

「それ」は恨みが強すぎて人間にはもう対処ができないそうだ。
もしも出逢ってしまったのなら己の「不運」をただ呪うしかない。

第一話

平成二十八年の初夏、Y子さんは大きな笑い声で目が覚めた。

大学生になった娘の部屋から声は聞こえてくる。

隣で眠っていた夫もおきて枕もとの時計に手を伸ばした。

時間は午前二時半であったという。

夫は布団からでて立ちあがると娘の部屋にむかった。

「何時だと思ってるんだ、静かにしなさい！」と怒鳴《どな》る夫の声が聞こえてきた。

途端に笑い声は止んで、静寂に包まれる。パソコンのお笑い動画でも観て夜更かしをしていたな、Y子さんはそう思った。しばらくして足音が近づき夫が寝室にもどってきた。

Y子さんは「……また、パソコン観てたんでしょ？」と夫に尋ねる。

「いや……だれもいなかった」

そういえば夕方に、娘から今日は帰らないと連絡があったのを思いだした。

しかしさっきの声は確かに娘の笑い声である。

怒鳴り声で止んだのも間違いない。

どういうことかと聞いたが、夫はなにも答えてくれない。

常夜灯のなか、なぜか夫の肩がすこし震えているのがわかった。

翌朝、帰ってきた娘に「アンタ、昨日どこいってたの？」とY子さんが尋ねる。

友人たちと心霊スポットで肝試しをしていた、という答えだったそうだ。

第二話

平成二十六年の冬、奈良に住むI美さんはリビングのカーテンを開けて外を見た。

昨夜、降っていた雪があたりを白く染めていた。

部屋はマンションの七階なので街を見下ろすことができる。感嘆の声をあげていると、後ろにいた父親が「その手形なんや?」と声をかけてくる。

いわれて窓ガラスを見ると、ちいさな赤ん坊の手形がしたから上へ、均等についていた。

擦《こす》ってみると、外からつけられたものであることがわかる。

ベランダにでて調べてみたが、それ以上のことはわからず気味が悪かった。

数日後、八階の住人から窓ガラスに手形がついていた話を聞かされた。

やはりちいさな赤ん坊の手形であったという。

第三話

平成二十七年の深夜、京都に住むUさんの携帯が鳴った。

画面を見ると、呑み屋で知りあった友人からだった。

「おう、いまなにしてるん？　呑みに行こうや」

すこしだけなら、とUさんはいきつけの居酒屋で友人と合流することにした。

約束の時間、店に到着すると友人の姿はまだなかった。

他のお客もおらずUさんは先に呑みだすことにした。

すると店の大将が「Uちゃん、アイツやらかしてもうたな」と小声で話しかけてくる。

なんのことかわからず聞いてみると呑み仲間が数日前、バイクの事故で亡くなったということだった。

その呑み仲間とは、待ちあわせをしている友人である。

「ウソだあ。オレさっきアイツから連絡があって、ここにきたんだよ」

そうかえしたが大将は本当だって、といいはってきかない。

Uさんは「もうすぐくるから、ちょっと待ちなよ」と笑った。

ところがいつまで経っても友人は現れない。

しびれを切らしたUさんは着信履歴から友人にかけると、番号が解約されている旨のガイダンスが電話から流れてきた。

「あれ、さっきこの番号からかかってきたのに、なんで……」

「だから言ってるやん、アイツは事故で即死……」

そこまでいった途端、ばちんッという音と共に店の電気が消えた。

大将はすぐにブレーカーをあげて電気をつける。

「こ、このタイミングで真っ暗とか、マジでやめてや」

震えた声でいうと、大将はぴたりと動きを止め一点を見つめて、

「……それ、ワシが出したんか?」

そうつぶやきUさんの横の席を指さした。

コップになみなみと注がれた酒が置かれている。

それは友人がいつも呑む酒であったそうだ。

第四話

平成二十四年の休日、Eさんは窓の外から聞こえる声で目を覚ました。

時計を見ると午前九時を過ぎていた。そろそろおきようかと考えながら、聞くとはなしに声に耳を傾けていた。声は近所に住む主婦二名のものであると思われた。

「あそこの主人、もうすぐねえ」「そうねえ。可哀想に」「でも、きっと孫もいるから思い残すことはないわよ」「高いところから落ちて亡くなるのは苦しいのかしら」「あら、そんなことはないわよ、きっとあっという間よお」「だったらいいんですけどねえ」

不謹慎な話をしていることはわかったが、なんだか会話が奇妙に思えた。

Eさんは布団からでると躰を伸ばして窓の外を見た。家の前にはだれもいなかった。

気のせいか聞き違いか、はたまた夢をみたのか。

窓を閉める直前「聞いちゃったわねえ」という声が耳もとでささやかれた。

数日後、近所に住む男性が建築現場で落下死した話を聞いたそうだ。

第五話

平成二十三年の冬、都内に住むY彦さんは妙な夢に悩まされていた。

どこにいるかもわからない真っ暗な場所で、ふわふわと漂う夢である。怖いという気持ちはなく、ただ浮遊感だけがある、というもの。問題は目覚めた直後の感覚にあった。

鼻に残った夢のあと、強烈に周囲がくさく感じるのだ。

塩水と油が混じったようなニオイが堪らない。出勤するころには消えているのだが、しばらくのあいだ気分が悪い。いったいなぜそんなニオイを感じるのか、Y彦さんは不思議に思っていた。ちくのうの症状なのかもしれないと病院にいくことを考えていたとき。

東日本大震災がおこり、故郷が壊滅状態になった。

兄弟たちは助かったが、祖母と父母はダメだった。

故郷にもどってボランティアをしていると「あッ」とあることに気がついた。

津波の残り香——夢のあと、嗅いでいたニオイとまったく同じだったのだ。

「予知夢のようなものだったのか、いまとなってはわかりませんが、ただ」

津波のあとはいっさい夢をみることがなくなったそうだ。

第六話

平成二年の朝、主婦のEさんは二階のベランダに立っていた。

まだすこし寒かったが、快晴で（よく乾きそうだな）と洗濯物を干していたそうだ。

「お母さん」

先ほど中学校に登校していった息子、Nさんの声だった。

「どうしたの？　忘れ物？」

Eさんはふりかえったが、部屋にはだれもいない。

気のせいにしてはえらくハッキリ聞こえたな、と不思議に思った。

洗濯物を干し終わったあと、朝食で使った皿を洗っていると、

「お母さん」

すぐ耳もとでNさんの声が聞こえた。

まわりを見たが、やはりだれもいない。Eさんは（もしやあの子に、なにかあったかもしれない）と思い、学校に電話をかけた。担任の教諭は母親のいいようのない不安を親身に思ってくれたのか「いまからすぐに教室にいって確認してみます」と折りかえし電話を

かける約束をしてくれた。

数分もすると電話が鳴り「息子さん、まだ登校していませんよ」ということだった。

「どうしよう、なにかあったのかも……警察に連絡しましょうか」

「落ちついてください、まだ出欠をとる時間じゃないので、それまで待ってください」

「……そうですか。わかりました」

「あと数分でまた教室にいって確認してきます」

結局、Nさんは登校せず、そのまま行方不明になった。

第七話

母親のEさんは警察に相談したが「家出の可能性を考えてようすをみるように」といわれた。事件に巻きこまれたかもと主張しても、根拠がないので信じてもらえなかったのだ。

なにかの報せがあるかもと、ほとんど眠らずEさんは電話の前で待っていた。

夫は彼女の身を案じながら、会社を休んで心当たりのある場所を探す。

それでも手がかりはなにもなく、ふたりともみるみる間に衰弱してしまった。

最悪の予想が浮かぶなか、数日が経過した。

いつまでも休むわけにはいかないと、夫は会社にむかうことにする。

Eさんは彼を見送ったあと、部屋にもどろうとした。

すると外から夫の悲鳴が聞こえてきた。

何事かと玄関を開けると夫がへたりこみ、前に息子が呆然とした表情で立っている。

すぐにEさんはNさんを抱きしめて「良かった！　良かった！」と声をあげて泣いた。

Nさんは黙り込んだままなにも答えない。

いなくなったときと同じ制服姿だったそうだ。

「いままでどこにいたんだ」と夫が尋ねると「眠れなかった」とNさんはかえす。

要領を得ないまま言葉をつなぐと、息子の話はこうであった。

あの朝、登校しようと玄関を開けた。

すると目の前が真っ暗になって、気がつけば自分の部屋にもどっていた。どうなっているのか不思議に思って部屋をでるが、家にはだれもいなくなっていた。窓から外を見ると真っ黒で建物ひとつ見当たらず静まりかえっている。

なにがどうなっているのか、わからなかった。

やることがないので家中を動きまわっていると、ときどき影のようなものがうろついているのに気がついた。母親かと思い呼びかけると、自らが発する声が自分のものではないように思えた。

鏡を見てもなにも映らなかった。

すべてが不気味で自室に逃げこむ。

ときどき影がはいってくるのが怖かったので、蒲団にもぐりこんだ。

何時間経っても眠ることができず、ひたすら苦しかった。頭がおかしくなったのかと思い、どこかで死のうと決意して家の外にでる。

数歩歩くと急にあたりが明るくなって、後ろに父親が立っていたという。

何日も行方不明になっていたことを伝えたが「そんなに日にちは経っていない」とNさんは首をかしげていた。

Eさんたちは病院に連れていこうとしたが、Nさんは「すこしだけ寝かせて欲しい」と懇願してソファに寝転がり十五時間以上も眠った。

夫の話だとNさんは急に目の前に現れたそうだ。

第八話

平成二十三年の早朝、S県在住のFさんはボートに乗った。

彼はシジミ漁で生計を立てており、その日も鋤簾《じょれん》を持って湖の中央に移動した。鋤簾とは鍬《くわ》にカゴがついているような道具である。躰で柄を固定してボートを進めると、湖底をさらってカゴにシジミが溜まる。Fさんほどベテランになると、どのくらい深くに挿さっており、どのくらい獲れているか、柄を伝わる振動や感触でわかるという。

そのときもいつものように少量ずつ引きあげながらシジミを獲っていた。もうすこしで目標の収穫量に達するころ、微かに重みのある感触が柄から伝わってくる。

（なんか、はいったな）とボートを停めて引きあげる。シジミにまぎれて水草のようなゴミがはいっていた。厚みがあり、五十センチほどの長さで円柱形をしている。

そういったものはよくカゴにはいっているが、先ほど感じたような重さではない。

Fさんは不思議に思ってゴミを手にとってみた。

先はすぱっと切れているが、反対側はちいさく枝分かれしている。

それがまるで指のような形をしており、シジミをひとつ握っているように見えた。

「……なんだ、木の枝か？」

そう彼がつぶやくと、ぐグッと枝が動いて握られていたシジミが落ちる。

「わッ！」

驚いたFさんは、反射的にゴミを湖に投げてしまった。

痩せ細った子どもの腕のようにも見えた、とFさんは笑った。

第九話

平成二十五年、W子さんは仕事帰りに近所のスーパーによった。

ひとり暮らしをはじめて数年が経っていたが、食事は自分で作るようにしていた。

そのときも今晩の献立を考えながらカゴを腕にぶら下げて店内を歩いていた。菓子が並んでいるコーナーに変なひとがいるのを見つけて彼女はぎょッとする。

しゃがみこんで商品を覗き見ている白髪頭の老人である。菓子を見ているだけなら普通だが、大股を開いてしゃがみこみ、菓子が並んでいる棚に顔を半分突っこんでいるのだ。

驚いたW子さんは老人に近づかず、距離をとったまま唖然とそれを見ていた。その横をみどりのエプロンをした男性の店員が通る。奇行に走っている老人をどう注意するのかと思ったが、店員は老人の後ろを素通りしていった。彼女が（え？　無視するの？）と思ったとき、自分のすぐ真横の棚から妙な息づかいが聞こえてきた。

商品のあいだから、汚い笑顔を浮かべてW子さんを見つめる老人の顔があった。

第十話

平成二十四年の新宿区、Ｙ口さんが営んでいるバーの扉が開いた。

店のむかいのマンションに住んでいる女性であった。久しぶりにやってきた彼女はため息を吐きながら「もうサイアク。朝までいてもいい？」とカウンターの椅子に腰かけた。

そしてこんな話をはじめたという。


女性の住んでいるマンションのとり壊しが決まり、彼女は立ち退くことになっていた。次々と他の住人たちが引っ越していき、ある日ついに最後の住人になる。

近所の生活音を気にせず、残りの日にちを楽しめると女性は思ったそうだ。

ところが、その夜から外の廊下を走りまわる足音が響きだす。廊下の端から端までいったりきたりを延々と繰りかえすのだ。最初はマンションにどこかの悪ガキがはいりこんでいると考えたが、止むことなく足音が続くのは奇妙である。

不動産関係の人間が一刻もはやく転居させようと嫌がらせをしているのではないか。

彼女はそんなことを邪推しはじめていた。

あるとき台所にいると、外の通路を走る足音が近づいてくるのがわかった。

(いい加減にしてよ!)

怒鳴り散らしてやろうと、女性は勢いよく玄関を開けるが——だれもいない。

寸前まで近づいていた足音もぴたりと止んだ。

じっと通路をみていると冷たいものが背中を走る。あわてて玄関を閉め、鍵をかけた。

瞬間、何者かに激しくドアを叩かれ、ノブがガシャガシャとまわった。スコープを覗くが玄関前にはだれもいない。彼女はすぐにベッドにもぐりこみ耳をふさいで震えた。

ドアを叩く音は朝になるまで続いた。


「あれから毎晩、部屋にくるのよ。怖くて眠れないから、あと数日ここで朝まですごすわ」

その言葉通り女性は数日のあいだ毎晩、Y口さんのバーで夜を明かした。

第十一話

女性が転居して数日後の朝方、Y口さんは彼女の体験を他の客に話した。

数人の客は「地上げ屋の嫌がらせだろ」と笑った。

Y口さんは酒が入っていたこともあり、閉店時間も近かったので、

「じゃあ、はやめに店を閉めてさ、そこでみんなで呑もうか」

そう提案すると、酒を持ってみんなでむかいのマンションに移動をはじめた。

建物内にはいると、かるい肝試しのような気持ちで階段をあがっていく。通路の電気は点灯しているが、だれもいないとわかっている建物はやはり不気味な雰囲気であった。

ほどほどに恐怖を楽しみ一度マンションからでると、半地下になっている駐車場にはいった。そこで座りこみ持ってきた酒をみんなで呑みはじめる。「ここももうとり壊されるんだよな」とむかしからの景観が変わることを惜しみ、話していると――。

「……なにか、いま音しなかったか?」

客のひとりがそんなことをつぶやいた。

Y口さんたちが会話を止めて耳をすます。確かに上の階からなにか聞こえてくる。

通路を移動していくその音はテンポの速い小刻みなものであった。
「これって……ひとの足音だよね」
だれもひと言も話さず、眉間にシワをよせて音に集中する。
たッたッたッたッたッ——。
取材時、Y口さんはこの音を両手でカウンターテーブルを叩いて表現した。
それは子どもが走る音のように私には聞こえた。

第十二話

平成二十二年の夏、Uさん宅のポストに一通の封筒がはいっていた。

開封したのは彼の妻で、中身を見て真っ青になる。

細い麻紐でまとめられた髪の毛だった。

それからもひと月に一度は必ず投函された。差出人も宛先もないことから、だれかが直接ポストにいれているようだ。警察に相談したが手を打てず、犯人らしき人物にも心当たりはない。仕方がないので封筒は開けることなく捨てるようになった。

投函は二年ほど続き、気がつけばピタリと無くなっていたそうだ。


ある日曜の昼間、インターホンが鳴った。

両親も在宅しておりUさんが応答すると、見知らぬ中年女性が玄関に立っていた。

その女性は「つかぬことをお聞きいたしますが、この家に髪のはいった封筒が届きませんでしたか」と尋ねてきた。

もちろん封筒のことを覚えていたUさんはぎょッとして父親に知らせた。

すぐに母親も父親もUさんと一緒に女性に逢いに外にでた。さすがに、家のなかにはいれなかったが、玄関先でどういうことか尋ねる。

彼女の話は次のようなものであった。すこしややこしいが聞いたまま記す。

女性は二年前に母親を亡くしていた。

九十二歳だったので死因は老衰のようなものであった。入院してから自分の先が長くないことを知っていたのか「最後に、あのひとだけは許さない、許せない」とうわ言のようにつぶやいていた。娘である女性は「だれのことをいってるの？」と尋ねたが、病のせいか要領を得ない答えが繰りかえされるばかりで理解できなかったそうだ。

母親はそのまま病院で亡くなり、葬儀も無事に行なわれた。

ところが先日、女性の家に近所の者がやってきて「これなんだと思う？」と一枚の用紙を渡してきた。そこには女性の母親の名前が記されており、その横に「遺髪をここに送るように」と住所も書かれていた。

女性が「この紙、どうしたの？」と尋ねる。

近所の者の亡くなった祖父、そのひとの遺品にまぎれていたという。

第十三話

現在、怪談社の怪談師ふたりがCSの番組にレギュラー出演している。

狩野英孝さんが司会をするその番組名は「怪談のシーハナ聞かせてよ。」。糸柳寿昭（旧名、紗那）が構成に参加しており、軽いタイトルの響きとは裏腹に濃厚な実話怪談が毎回語られる。初期のころは半々だったが現在は完全に怪談社がキャスティングをしているので、本気で怪異蒐集をしている者たちがゲストで選ばれている。神薫さんや黒史郎さん、黒木あるじさんや西浦和也さん、朱雀門出さんといった竹書房でも活躍している方々はもちろんのこと、作家ではなくとも実力のある語り手たちが毎回クオリティの高い話を語る。これほど「怪談語り」に特化した番組はいままでになく、話題になっているようだ。

せきぐちあいみさんと高田のぞみさんが番組のアシスタントを務めており、あるときこの女性二名が怪談語りの対決をすることになった。怪談師がサポートについて、まずどんな話を語るかを考える。高田さんは私の記録した話を使用したが、それに対してせきぐちさんは取材で話を仕入れる運びとなった。彼女の出身を尋ねると、そこに心霊スポットが存在することがわかった。せきぐちさんが自ら語る話を頭でイメージしやすいように、怪談師はそこに出向いて取材をすることにした。
こうして新たな話が手にはいったのでここに記録しておく。

平成二十七年の夏、関東にあるダムの横に並ぶ大きな湖で事故がおこった。ボートに乗って釣りを楽しんでいた若者が、バランスを崩して水中に落下したのだ。捜索の甲斐なく翌日になって彼は遺体で発見されてしまう。

その湖は休日になるとたくさんの家族が集まり水遊びやバーベキューなどを楽しむ行楽地なのだが、そのダムと近くにかかっている橋は心霊スポットとしても名をはせている場所であった。女性の霊が徘徊する、橋から水面を見ていると青白い手が現れてひきずりこむ――そんなウワサが絶えない湖で初老の男性が体験した話だ。

彼も亡くなった若者と同じようにボートに乗って釣りをするのが趣味であった。彼は何年も湖に通っており、数日前に若者が転落して亡くなったことも知っていた。数年に一度そのような事故はあり、さほど気にしてはおらずその日の釣りを楽しんでいた。

ふいに、釣り糸にちからを感じたのでかるく釣竿を引いた。間違いなく針に魚がかかっている感触である。強弱から察するに大きいブラックバスである可能性が高い。

男性は釣竿を動かしたりリールをまわしたりして、魚の体力が弱まるのを待っていた。

ところが糸の動きがおかしいことに気づく。本来、針から逃れようと上下左右に逃げようとするのだが、この魚はそうではない。男性が引くちからに間をあけると、同じペースでまっすぐに糸を引っぱってくるのだ。くいッくいッ、くいッくいッと、まるで魚のように感じられなかった。不思議に思った男性が凝視すると、子どもの手首がふたつ水面からでて糸をしっかりと握っていた。思わず声をあげて、男性は釣竿を離してしまった。オールを手にとってそこから離れようとするが、慌てていたのかうまく漕げない。船首がまわり、ボートが勝手に動いて手首があった方向へ移動をはじめた。あの橋の真下である。なぜ勝手に動いているのか、男性は水面に目を凝らした。いくつもの青白い顔がボートを囲んでいた。恐怖で男性は悲鳴をあげる。

「どうした、なにかあったのか！」

釣り仲間がボートで近づいてくると、顔はゆっくりと水中へ沈んでいった。その表情は恨めしそうな——負の感情に溢れたものであったそうだ。

調べてみるといろいろとでてきた。ダム建設工事での事故、湖底に沈んだいくつもの集落、湖の死体遺棄、最近ではすぐ近くの霊園でも事件がおきている。

その土地にまつわる因縁のらせんは、途切れることなくこれからも続きそうだ。

第十四話

平成二十一年の二月、Aさんは「あっついなあ」と声をだし寝返りをうった。

すると、しゃッと襖《ふすま》が開く音がして、

「焼け死んだカラ」

低い男の声が聞こえた。

慌てて躰をおこし電気をつける。襖は閉まっており、だれもいなかった。

翌朝になって母親に「おはよ。昨日なんや暑くなかった？」と聞いてみた。

すると座っていた父親が新聞から目を離さずに「命日やったからな」と答える。

「命日？　命日ってだれの？」

Aさんはそう尋ねたが両親はなにも答えてくれなかった。

いまでも冬になると必ず、暑さで目を覚ます夜があるそうだ。

第十五話

平成九年の京都、会社員のN彦さんは上司と一緒に呑みにいくことになった。

上司は悪人ではないが、有名なおんな好きで社内の女性社員からの評判もよい男ではなかった。N彦さんは（食事のあと、そういう店に連れていかれるかもな）と予想していた。

居酒屋で酒を呑みながら、上司の話は仕事から家庭、家庭から趣味へと変わっていく。特に当時は不倫を題材にした小説と映画が大ヒットしていた。すでに家庭を持っている上司のような男にとっては、都合のいい風潮と流行でもあったのだ。

N彦さんは聞き上手なところがあったので、上司は気分がよくなったのか、

「よし、もう一軒いこうか。いいオンナがおる店が近くにあるねん」

そういって席を立つと、N彦さんを連れて居酒屋をでた。

「いい店ってキャバクラですか？」

「なに言うてんねん、そんなとこ行くかいな。スナックに決まっとるやろ」

遊びを知らないN彦さんは、スナックとキャバクラがどう違うのかはわからなかった。

階段であがったテナントビルの四階にある店は、三名ほどのホステスが働いていた。

よく通っているようで上司は馴れ馴れしく女性たちに接する。

「コイツ、ホンマ不細工やろ。ブスやから彼氏もおらんねん」

「しゃあないから、今度ホテル行ったるわ。本物のエッチ教えたる」

酒がまわり顔を真っ赤に染めながらいいたい放題であった。

酔っているとはいえ、その発言は失礼なものが多くN彦さんは恥ずかしくなってきた。

とはいえどホステスたちは腹を立てたようすも見せずに「自信まんまんやな。そんなん言うヤツほど全然たいしたことあらへんねんで」と笑ってその場を和ませていた。

他に客はいなかったので女性たちはみんなN彦さんたちのテーブルに座っていた。

「今夜は貸し切りやなあ。そうや、カラオケでも歌う？」

「せやな、いっちょうワシの美声でも聞かせたろうか。いつもの曲、頼むわ！」

ほどなくして有名な演歌の前奏がスピーカーから流れはじめる。

ズレた音程で歌っている上司にあわせ、ホステスたちが盛りあげるため手を叩く。

そのとき、マイクを持った彼の後ろ、店の扉がゆっくりと開いていった。

女性たちもN彦さんも、他のお客がきたのかと思ってそちらに目をやった。

開いた扉の先には——だれもいなかった。

ならばなぜ勝手に？　と全員が思う。

上司が「あれ？　ハラが……」ひと言、マイクを通した声でつぶやいた瞬間。

彼の躰が真後ろに引っ張られ、ソファから店の外に吹き飛んでいった。

あまりの勢いに驚いたホステスたちが「きゃああッ！」と悲鳴をあげる。


上司は店の外に吹き飛んだだけでなく、ビルの四階から落下していた。偶然停まっていたトラックの上に落ちたため命に別状はなかったが、すぐに救急車と警察がやってきた。

N彦さんとホステスたちは見た出来事を説明したが、警察官は要領を掴めなかった。

「とにかく、彼は酔ってたんやね」

そういってまた聞きたいことがあったら連絡するから、と帰っていった。


上司は酒のせいかショックのせいか、なにも覚えていなかった。

足と骨盤を骨折して、しばらく会社にくることができなくなった。

後日、迷惑をかけたということでN彦さんはスナックへ謝りにいった。

上司が無事だと聞いてホステスたちは安心していたが、

「あのひと、他の店にも迷惑かけているみたいやし……どこぞのオンナに呪いでもかけられとるんちゃうか、とつぶやいていたそうだ。

第十六話

平成二十七年、ある女性が八王子の市場で買い物を終えた。
袋を持って駐車場に停めてあった車に乗りこむ。
エンジンをかけようとしたとき、ガチャリッと助手席のドアが開いた。
そして、ちいさな男の子が車に乗りこんでくる。
彼女は「え?」と驚いたが、男の子は気にするそぶりもなく女性の耳に顔を近づけて、
「ぼくは、だいじょうぶだから」
そうささやくと、ぱッとかき消えた。
唖然としたが、開いたままの助手席のドアだけが幻ではなかったことを示していた。

第十七話

平成二十八年、ファミレスで新聞記者Kさんの取材を受けていた。

私はおこがましくも「実話怪談について」を語っていた。ふいに彼はノートに走らせていたペンを止め「……そういえば、こんなことを思いだしました」と話しだした。

まだKさんの子どもがちいさいころ、妻と三人で会社の寮に住んでいた。

深夜に眠っていると「ママ、トイレ……」と子どもが妻に声をかける。妻は疲れている夫を気遣って、できるだけ静かに子どもを抱きかかえてトイレにむかう。とはいえど、廊下はきしむ音がするし、そもそも真横で寝ているKさんにも子どもの声は聞こえている。

そっと足音を立てないようにもどってくる妻に、おきていることを知らせるためKさんは片腕をあげて（気を遣わなくてもいいよ）と知らせる。妻は小声で「あ、ごめんね、おこしちゃって」と子どもを布団にもどす。

この優しいやりとりがKさん夫婦のあいだで頻繁にあったそうだ。

ある夜、廊下がきしむ音で目を覚ました。

いつものように子どもを抱いて静かにもどってくる妻の足音である。

妻はKさんが仕事にいっているあいだ家で子どもの面倒をみてくれている。楽なように思えても、とても大変なことだ。そのときもKさんは自分に気を遣う妻が不憫に思えて、足音が部屋の前まできたときに片腕をあげた。

毎回の（おきているから気にしなくてもいいよ）という合図である。

だが片腕をあげたままKさんは不思議に思った。いつもの「ごめん」というセリフがない。目を開けると、すぐ前に妻と子どもが眠っていた。

それでも背中、後ろにある部屋の入口にだれかが立っている気配がする。

ふう、ふうう、という息づかいまでわかる。なぜか子どもを抱えているという姿が頭に浮かんだ。Kさんはゆっくりと手をおろした。

（いったいだれが立っているんだ）

前の住人、以前この部屋にはいっていた家族のことを思いだす。確か病気がちの子どもがいる一家だったのではないか。看病されていたその子どもは発作をおこして亡くなったはずでは――。

寒気が止まらなかったが、どうやら部屋にはいってくる気はなさそうだったので、Kさんは目をつぶり、朝になるのを待った。

「伊計さんの話を聞いてこの体験を思いだしました。こんなことがあったのは一度きりです。母親が亡くなったという話は聞いていませんが」

亡くなった子どもを抱いていたのは何者だったのでしょうかね？

そういうとKさんは生ぬるくなった珈琲を呑み干した。

第十八話

先ほどの話でこんなことを思いだした。

平成二十五年、私が所属している怪談社の事務所がまだ大阪にあったころ。

ひとりで作業をしたあと、疲れたので仮眠をとっていると電話がかかってきた。ある放送局のディレクターからで「電話で取材をさせてくれないか」ということだった。

「怖い体験をしたことがあるか」「活動をしていて不思議なことはおきないのか」「心霊写真や映像を持っているか」など色物扱いした陳腐《ちんぷ》な質問ばかりだ。（面倒くさいな）と適当に答えているとディレクターは「いまひとりですか？」と尋ねてくる。

「さっきからケタケタ笑う子どもの声が聞こえるので」

「ひとりですが……声はこっちではなく、そちらから聞こえてきますよ」

私が正直にそう答えると「え……わッ！」という悲鳴と共に通話が切れた。

再び電話がくることはなく、私はいまでも（失礼なヤツだったな）と思っている。

第十九話

失礼といえば平成二十四年、これもまた大阪の事務所での話だ。

ある昼間、私がキーボードを叩いているとインターホンが鳴った。来客の予定はなくスタッフも怪談師もいなかったので、なにかのセールスかと思い無視していた。

失礼なことにインターホンは間をおかず、何度も何度も連続で鳴った。

あきらめたのか、しばらくすると音は鳴り止んで静かになる。

スタッフが事務所にもどってきたので来客のことを伝えた。

「さっき、だれかきたみたいやで。何度もインターホン鳴らしたヤツがきてたよ」「ウソ。きてませんよ」「いやいや、なんでウソやねん。ホンマにきてたよ」「インターホンが鳴ったんですか？」「うん、ピンポンピンポンピンポンって、アホみたいに何回も……」

そこまでいって私は気づいた。

事務所のインターホンはずいぶん前に壊れており、とり外されて鳴るはずがない。

そのとき書いていた話は「来訪者」という題の怪談であった。

第二十話

平成十五年の初夏、都内でMさんは友人と夜道を歩いていた。

はしご酒のせいで酩酊《めいてい》したふたりは千鳥足《ちどりあし》で、大声で話しながら歩いていた。

「おい、みろよ！　あんなトコで、だれか死んでるぜ！」

赤い顔でだらしなく笑う友人がさす電柱のしたには粗大ゴミの山があった。

そこから腕がいっぽん、にゅっと飛びでていた。街灯のひかりを跳ねかえす艶で、それはマネキンのものであることがすぐにMさんにもわかった。

「はっはっは！　ホントだ、下敷きになっちまってるな！」

「だっはっはっは！　可哀想に、ありゃ即死だよ！」

ふたりで大笑いしながらゴミの山に近づいた。

古いテレビや机、タンスや袋にはいったゴミが積まれて、あいだから腕がでている。

「はっはっは！　助けて欲しんじゃねえの、この腕。おまえ助けてやれよ」

「だっはっはっは、なにいってんだあ……あっ……助けてやんなきゃな」

友人はそういうとマネキンの手を掴み、ぐいッと引っぱった。

マネキンはずいぶん奥にあり他のゴミが邪魔らしく、なかなか引き抜けない。

両手でマネキンの手首を掴みなおし、友人は唸り声をあげた。他の荷物が倒れてきそうだったのでMさんは「おい、危ねえから止めとけよ」と注意する。その声が届いているのか、いないのか「ぬううおおッ」と彼は顔を真っ赤にして、腕を引っぱり続けた。

ごきッ、という重い音がしたかと思うと、友人は後ろに倒れ尻餅をつく。

マネキンの手首が外れてしまったのだ。

Mさんは「お前、壊すなよ～」と笑ったが、友人は無表情で彼を見据えた。

「じゃあ、オレいくから」

そういって手を持ったまま帰ってしまったそうだ。


数日後の夜、友人がMさんの家にやってきた。

「このあいだ呑みにいったとき、オレどうやって別れたの？」

Mさんが説明すると友人は「マジで？　オレ大丈夫かな。お祓いとかいったほうがいいんじゃやね？」と青ざめはじめた。なにをそんなに怖がっているのか尋ねると——。

気づくと友人は見知らぬ車の運転席に座っていた。

エンジンはかかっていたという。空はすでに明るいが、自分がどこにいるのかわからない。車を降りると妙にふらふらして足がおぼつかなかった。

ポケットに手をいれて携帯を開くと充電が切れている。

友人は（どれだけ呑んだんだよ、オレは……）と歩き続けた。

酔ってはいないようだったが、なぜか躰がクタクタに疲れている。マメができているのか足の裏があちこち痛い。それに強烈な空腹感もあった。

しばらく進むとコンビニを見つけた。

「よっしゃあ……ってオレ金あるのか？」

ズボンのポケットに手を伸ばすと財布はちゃんとはいっており、お金もあった。

とにかく腹が空いて仕方がなかったので、サンドイッチと充電器を買う。

外にでて喰らいついていると、コンビニの店名が目にはいった。

思わず吹きだしそうになった。

「ここ……いったいどこだよ？」

すぐにコンビニのなかにもどり、店員に場所を確認する。

友人は三百キロ以上離れた東北地方にいたのだ。

「なにしていたか全然覚えてねーし、しかも三日も経ってたんだぜ。三日もずっと」

酔っぱらってたなんて絶対ありえねえ、と友人は震えている。

彼の話をまとめると意識がないあいだ家にも帰らず、会社にもいかず、ただひたすら移動していたことになる。それも他人の車を盗んで——。

「しかもこれ見てくれよ。ありえねーだろ！」

友人はそう怒鳴ると右手をMさんの前に突きだした。

その手首には、あのマネキンのものと思われる指のアザがくっきりとついていた。

その後、友人に変わったことはなかったが、酒は控えるようになったということだ。

第二十一話

平成十三年の夕刻、Kさんが部屋でくつろいでいるとインターホンが鳴った。

玄関ドアを開けると母親が立っており「なんで鳴らすの?」とKさんが尋ねる。

「お葬式にいってきたの。塩を持って帰るの忘れちゃって。悪いんだけど、台所から」

清めの塩をとってきてくれ、と母親はいった。

宗派や地方によって諸説あるが葬儀に参列することを「死穢《しえ》に染まる」と表現することがある。自宅にはいる前に自らの躰にかけて、穢《けが》れをとる塩を「清め塩」と呼ぶ。最近は気にしない者も多いが、母親はそういうことを大事にするタイプの人間であった。

「なんだよ清めの塩って。普通の塩しかねーだろ」

台所にいくと、棚にあるちいさな塩の瓶を手にとり玄関にもどった。

「ほい、塩。普通の味つけ塩だけど」「あ、かけて、後ろにかけて」

母親はふりかえって背中を指さした。

「面倒くせえなあ」とKさんは瓶から、てのひらに塩を落として母親にかけた。

ぱらぱらッと塩は地面に落ちる。

「……なにしてるの、はやくかけてよ」「あ？　かけたよ。もっとか？」

もう一度、Kさんは塩をてのひらにとると母親に投げつける。「……どこにかけてるの？　背中にかけて欲しいんだけど」「いや、やってるよ。ちゃんと背中にかかって……」

地面を見てKさんは目を細めた。塩はそこら中に落ちている。だが、すべて玄関のなかだ。一歩でた外にいる母親の周囲には塩がいっさい落ちていない。投げつけた塩がまるで背中に届いていないようだった。

「あれえ？　なんだ？」と、今度はてのひらで握れるほど多めに塩をだした。

そして「かけるよ！　さん、にい、いち」とカウントして強めに、パッと投げた。

瞬間、すべての塩がKさんのほうに跳ねかえった。

驚いて「わッ！」と声をあげる。母親はむきなおると「なに遊んでるのよ、もう」と瓶をKさんから受けとり自分でかける。塩は普通に母親の躰にあたり地面に落ちた。

「もう、こんなにしちゃって。塩まみれじゃないの」

母親がいう通り玄関は塩だらけになっていた。

「……母さん、だれの葬式にいってたの？」

「友だちよ。仲が良かったひと。むかしはいつでも一緒にいたんだけどね」

それを聞いてKさんは（たったいまも一緒だったかもよ）と思ったそうだ。

第二十二話

平成二十一年の春、冬服を片づけようとIさんが押入れを開けた。
ダンボールを引っぱりだすと、押入れの床板にいちまいのメモが落ちていた。
なんだろうと拾ってみると、文章が書かれている。
〈はる　いきなり　たおれる　〉
筆跡は彼女のものだが、こんなメモを書いた覚えはない。
なぜひらがなで書かれているのかもわからず、不気味に思ったIさんは、
「ねえ見て。こんなの落ちてたんだけど」
夫に渡そうとした途端、目の前が真っ暗になりそのままIさんは意識を失った。
次に目覚めると病院であった。
ただの貧血だったが、メモ用紙を読んだ夫はIさんが冗談で倒れたと思ったという。
ここまでなら笑い話になるかもしれないが――。
後日、押入れから何枚ものメモが見つかった。

第二十三話

〈 つゆ あめ てれび こわれる 〉〈 なつ たたみ むし いっぱい 〉
〈 なつ おじ にゅういん 〉〈 なつ じこ くるま なくなる 〉
七月になって夫は「いったい、なんなんだ……」と首をかしげた。
メモはすべてIさんの筆跡で、どの内容も暗く不吉なことばかりであった。
「この紙って去年、使い切ったメモ帳のものだよな」
「台所に置いて使っていたやつよ……いったいなんなの？」
すでにメモに書かれた通り、テレビは故障していた。
予言としかいいようのないものだが、いったいこれはどうすればいいのだろうか。
頭をかかえた夫は友人に頼んで自称「霊感のある男」を紹介してもらった。
後日、男は家にやってきた。
アロハシャツを着て金髪、サングラスのいかにもちゃらんぽらんな男であった。
Iさんも夫も半信半疑だったが、彼は玄関にはいるなり挨拶もせずに彼女を見て、

「このひとが原因。これ、ダメだ。ヤバいやつだよ」

そう彼女を指さしていい切った。

「最近どっかいったでしょ？　変な神社とか心霊スポットとかナンパスポットとか」

「……いってませんけど。どうして私のせいだとわかるんですかッ」

無礼な態度に怒気をこめていうと「このオンナ、怖っ！」と男は笑った。

「じゃあ、勝手にしろよ。知らねー。どちらにしてもアンタに憑いたバカなキツネ？　みたいなのがやらせてるんだよ。自分でメモ書いて自分で実行してるの。わかる？」

男が帰ろうとしたので夫が「ちょっと待ってくれ」と呼び止めた。

「キミ、お祓いみたいなことはできないのか？」

「お祓い？　できるわけねーっつうの、神社とかお寺にでもいってこいバーカ」

そういって舌をだし帰っていった。

男の態度の悪さにIさんは怒っていたが、実はひとつだけ心当たりがあった。三月にはいったばかりのころ、自治会の掃除で稲荷神社にいったのだ。ちいさな神社だったのですぐに終わったのだが、もしかしたらそこのせいかもしれない。

Iさんはそのことを夫に話して、ふたりで一緒に神社に出向いた。

神社の神主に逢ってメモのことを相談すると、

「大変に申し訳ないことをした。すぐに手を打ちます」

そういって神主はすぐに用意をして、お祓いをすませてくれた。

終わってからの帰り道、夫が「どう？　なにか変った？」と聞いてくる。

「うーん、わかんない」

「でも、これでおさまったら、あのサングラスのおかげだよな」

「……それはそれでムカつく」

その後、予言が現実になることはなくメモも二度と見つからなかった。

しかし、サングラスの男は有名な僧であることを知って、Ｉさんは憤慨したそうだ。

第二十四話

平成十六年の深夜、ワンルームのマンションでKさんはゲームに夢中だった。

発売されたばかりの新作RPGで、世間でも話題になっていたものだ。

途中、煙草がなくなったことに気づいたKさんは買いにいくことにした。

住んでいるマンションのすぐ真下にコンビニがあったので、家着で鍵もかけずに部屋をでる。入荷したばかりの週刊誌が並んでいるのを見つけて、すこし立ち読みをした。

時間にすると十五分もなかったそうだ。

缶珈琲と煙草がはいった買いもの袋をぶらさげ、ドアを開けて靴を脱ぐ。つけたままだった画面が消えていることに気づき「あれ？」と声をだしながら部屋にはいった。

テレビの前に顔を真っ赤にした老人が座っていた。

Kさんは「うおッ」と驚いたあと、すぐに「……だれ？」と話しかける。

「近くのもんだよ。お前、ちょっとここに座れよ」

眉間《みけん》にシワをよせて、ゲーム機本体の前を指さした。本来なら逃げだしてもよさそうなものだが相当に動揺していたのか「は、はい」とKさんは正座をした。

老人は彼を睨《にら》みながら「お前さ、浪人生だよな」とため息まじりに尋ねてくる。「いつになったら真面目に勉強するワケ?」「はあ……やる気はあるんですけど、はかどらなくて」「やる気なんかナイじゃん。今日もこうやってずっと遊んでるじゃん」「あ……すみません」「試験まで二カ月。自信あるの?」「いや、自信はあんまり……」「そりゃそうだろ。努力してなかったら自信なんかあるワケないな。この生活ってだれが金だしてるって親だよな。親はお前のこと信用して働いてきた金使ってさ──」

老人はくどくどと説教を続ける。

いきなりひとの部屋にあがりこんでいる男の話を、なぜかKさんは真摯《しんし》に聞いた。もっと奇妙だったのは話しかたである。見た感じ七十歳はこえているだろう老人の口調はまるで若者のような発音、加えてガサツで乱暴ないいかただった。

「で、どうするべ?　いまからまたゲームするの?」「いや、もうしないです。がんばって受験勉強しようと思います」「だよな。これ以上ダブったらジュウが報われんもんな」「あの……ジュウってだれですか?」「お前の母ちゃんだろうが」「ああ。ジュウってジュンコですか」「いまそんなこと、どうでもいーんだよ。お前……マジわかってんのか?」

余計な質問をしたせいで、終わりかけた説教がぶりかえす。

Kさんは(もう許してください……)と祈っていた。

そうこうしているうちに、窓の外が明るくなりはじめたころ。

「あ、もう時間だ。オレいかなきゃ。いいか、お前。マジで勉強しろよ」

老人は最後に念を押すと「じゃあ」と立ちあがった。

そしてそのまま煙のように消えてしまった。

瞬間、Kさんは倒れ込むようにタタミに寝転がり、そのまま眠った。


のちにKさんはその出来事を、母親に話したそうだ。

老人のことに心当たりはなかったが、彼女のことを「ジュウ」と呼んでいたのは子供のときに病気で亡くなった母親の兄だけらしい。

「もしあっちにいっても歳をとるなら、お兄ちゃんだったかもね」

母親はそういって嬉しそうに笑っていたということだ。

第二十五話

平成二十六年の日の入り前、Dさんは自宅にむかって歩いていた。

空がすこし明るくなりはじめていて歩道横の道路には、ほぼ交通量がなかった。

突然、聞こえた短いサイレンでふりかえると、パトカーが停車するところであった。

Dさんは職務質問でもされるのかと思った。しかし、運転席から降りてきた警官は彼には目もくれず道路の真ん中に走りでる。慌てたようすが気になり立ち止まって見ていた。

「大丈夫ですか?」

警官はしゃがみこんで声をだした。だが、そこにはだれもいない。中央分離帯と横断歩道の合間にあるアスファルトにむかって話しかけている。すぐにパトカーの助手席からもうひとりの警官が降りてきて「……どこにいったんだ?」とあたりを見まわした。

話しかけていた警官も我にかえったように「あれ?」と顔をあげ周囲を見る。

Dさんに気づいて、こちらにやってくると「そこに倒れていたひと、どこにいったのか見ました?」と尋ねてきた。

「いえ、見てません……ってか最初からだれもいなかったと思うんですけど……」

Dさんの言葉を聞いて彼の顔色が変わり、ふたりともすぐにパトカーに乗りこんだ。
そして、そのまま急発進していってしまったのでDさんは首をかしげた。
歩を進めながら、なんとなく気になり、さっきの場所をふりかえる。
黒いモヤのような塊《かたまり》が道路の中央にあったそうだ。

第二十六話

前の話と酷似している体験である。

確認できず時期は不明、Cさんが街へと繋がる道を運転していたときのことだ。

大きなトンネルを進んでいると、端によせて停まっている車があった。

(故障かな……困っているだろうに)

時間もあったので、優しいCさんはその車の前に停車させた。

気をつけながら降りると、中年の女性がボンネットを開けて立っていた。

「どうしました？　大丈夫ですか？」

「すみません、調子が悪いみたいで……」

Cさんは車に詳しかったので「見てみましょう」とエンジンルームを覗きこんだ。

しかし、位置的にトンネルのライトが逆光になっているせいか、なかが見えにくい。

「ちょっと懐中電灯、持ってきますね」

そういうと女性はため息を吐いてうつむく。

トランクを開けて、Cさんが懐中電灯を探していると赤いひかりが点滅した。

女性の車の後ろに、パトカーが停まるところだった。

降りてきた警官が歩いてきて「どうしました？」と話しかけてくる。

Cさんは「いや、エンジンの調子が悪いみたいですよ」と答えた。

「それは、どの車のことですか？」

「どの車って、後ろの……」

指をさしながらふりかえって、ぎょッとした。

いましがたまであったボンネットの開いた車がなく、女性もいなくなっていた。

Cさんは「あれ？　どこに……」とまわりを見る。

「大丈夫ですよ。そのまま車に乗って、いってください」

「いや確かに、さっきここに停まっていたんですけど……」

動揺するCさんをよそに警官はため息を吐きながら、

「ずいぶん前に事故があったんです。ときどき現れるんですよ。女性でしょ？」

それを聞いたCさんは真っ青になってその場を離れたそうだ。

ちなみにこれはカナダでの出来事である。

第二十七話

平成二十二年の秋、Yさんの娘が飼っていたハムスターが死んだ。

涙をこぼして悲しむ我が子に「死」を教える機会だと、Yさんは優しく自然の摂理を説きながら彼女を慰める。ハムスターは黒いビニール袋にいれて近所の空き地に埋めた。

翌朝から娘が奇妙なことをいいはじめた。夢でハムスターが犬にいじめられていた、可哀想だから地面からだしてあげたい——。懇願する娘にYさんは安らかに眠っているのだからと彼女をなだめる。ところが娘は毎朝、また夢をみた、お願いだから助けてあげて欲しいと頼んできた。仕方がなくYさんは「一度だけなら」と掘りおこして違う場所に埋めなおすことにした。娘と空き地にいって、ハムスターを埋めた地面を掘った。

それほど深く埋めたわけではなかったので、すぐに黒いビニール袋がでてきた。とりだすと、袋のしたに白い石があることに気づく。

気になったYさんはさらに掘って、埋まっている石を地中からだした。

それは石ではなく、犬の頭蓋骨であった。

第二十八話

昭和五十年の師走、Uさんは妻に「おきてよ」とおこされた。

時計をみると午前一時である。

「こんな時間にどうしたんだ?」「となりの家から変な声がするのよ」

耳をすませたが特になにも聞こえない。

「気のせいだよ。明日もはやいから寝かせてくれよ……」

そういってUさんは再び眠りについた。

翌日、帰宅したUさんに妻が真っ青な顔で話した。

「となりの家族……昨日、亡くなったみたい」

借金を苦に一家心中をしたというのだ。

Uさんはショックを受けると同時に、昨夜の妻の言葉を思いだした。

「じゃあ、昨日お前が聞いた声ってもしかして……」

妻は真っ青な顔のまま「そうじゃないの」と首をふった。

昨夜の夕方、となりの主人が運転する車で、池に飛びこんで一家は亡くなった。

「じゃあ、お前が聞いたのはどんな声だったんだ？」「わたしが聞いたのは……」

大勢のひとたちが嬉しそうに、げたげた笑う声だったそうだ。

第二十九話

平成七年の夏、Yさんはキャンプ場にいた。

バケーションではなく、時給のよいバイトを情報誌で見つけだし、働いていた。コテージの掃除や雑用、販売する薪を割ることが主な仕事だった。

そつなく業務をこなしているとき、こんなことがあったそうだ。

夜になって小屋でひとり明日の準備をしていると、ドアが叩かれた。

開けてみるとコテージの宿泊客が数人、真っ青な顔で立っていた。

「どうしました？」

「い、いま変なひとがいたんです。見にいってもらえませんか？」

花火をしていると川に不審者がいたという。

気の弱いYさんは厭がった。こんなときに限って他のバイトも責任者も不在である。

お客が妙に怯えているので仕方がなく一緒に川にむかった。

持ってきた懐中電灯を片手に、川に到着すると「どこですか？」と尋ねる。

「あっちにいたんです、ちょうど川の真ん中あたりに」

いわれた方向を照らすが、そこにはなにもなく反対側の森が見えるだけだった。

「だれもいませんが……どんなひとでした？」

「いたんですよ、裸の若いおんなが……」

「ハダカのオンナ？」

意外な答えに、Yさんは素っ頓狂な声をあげてしまった。

だがお客たちは真っ青な顔で本気で怖がっている。

「それってもしかして、他の宿泊客が遊んでいただけじゃないんですか？」

「絶対に違います、そんな感じじゃありませんでした」

なにをそんなに怖がっているのかYさんにはわからなかった。

怯えているそのお客たちは全員、男性である。

むしろ喜んでもよさそうなのに、微かに震えてさえいるのだ。

「とにかく見当たらないんで、また現れたら教えてください」

Yさんはそういって小屋にもどることにした。

仕入れにいっていた責任者が小屋にもどってきたので先ほどのことを報告した。

「ああ、ときどき川にでるんだよね。いったいなんだろ？」

それは予想外の返事で、責任者もそのおんなを知っているようだった。

「でもお客さんたちが妙に怖がっていました。どうしてでしょうね？」

「そりゃ怖いでしょ。あんなのでたら」

「裸なんでしょ？　普通、怖がる前に喜びそうなものですけど」

「サイズが違うからな。どんな男でも——」

三メートルあるおんなの化物は怖いだろ、と責任者は苦笑いを浮かべた。

第三十話

平成二十年の深夜、眠っていた彼は、ぞくりッと寒気で目を覚ました。開けていた窓から、冷たい風がはいってきたのだろうと思った。まだ秋だったので毛布をだしておらず、風邪をひいたら堪らないと躰をおこした。時計をみると午前一時。立ちあがり窓に手を伸ばしたとき、子どもの笑い声が聞こえてきた。

「きゃッきゃッきゃッ」

こんな時間にまだおきている子がいるのか——そう思いながら窓を閉める。

真後ろから声が聞こえたので、驚いてふりかえる。

布団の真上に赤ん坊のナマクビが浮いていた。

第三十一話

平成四年の夜、母親の「火事ッ！」という声がKさんの耳に届いた。

自室でテレビを観ていた彼は、すぐにリビングに飛んでいく。

「火事よ！　どこッ、どこで燃えてるのッ！」

母親が台所へ走った。

くつろいでいた父親もKさんも、彼女のあとを追って台所にむかう。母親はコンロの付近を確かめ「ここじゃないッ！」ときびすをかえして、湯沸かし器のある風呂場にいく。

ところが風呂場も台所と同じように、なんの異常もなかった。慌てふためく母親に父親が「……なあ、なんで火事だと思うんだ？」と声をかけた。彼女は「なんでって、この煙でしょ！　どこからきてるのッ？」とまわりを指さす。

Kさんと父親は目を凝らしたが、どこにも煙など見当たらない。

ふたりはそのことを母親に伝えたが「なにいってるの！」とまだ火元を探している。

そこに祖母がきて「あんた、この煙が見えるのか」と声をかけてきた。コクリとうなずく母親に「こっちおいで」と手招きをして自分の部屋に連れていく。Kさんたちも後ろからついていった。

祖母は部屋に皆を通すと、押入れの戸を開けた。

「え！　そんなところでなにが燃えてるのッ！」

「燃えてるんやない。これや」

祖母は古いヘルメットを逆さまにして母親の前にだした。

「なんでかわからん。何年かおきにここから煙がでおる」

母親は驚きながら「それ、だれの物なの？」と真っ青な顔で尋ねた。

祖母は「知らん。爺さんの友だちらしい」とつぶやく。

「すぐにおさまるから放っておいてもええ。あんたにしか見えとらんし」

そういって祖母はヘルメットを大切そうに押入れへもどした。

Kさんと父親にはよくわからなかったが、ヘルメットは日本兵のものだったそうだ。

第三十二話

平成二十五年の仏滅、Aさんの部屋でカチャカチャという音が響きだした。

テレビを消音にしてどこから音がするのか、耳をすませる。

壁にかけたジャケットから聞こえるようだった。不思議に思ってハンガーごとジャケットを外すと、その裏にかけてあったネックレスが揺れて壁にあたる音とわかった。エアコンもついていないのになぜ動いているのか不思議だった。

指で押さえてみる。ネックレスは動きを止めたが、しばらくするとまたカチャカチャと揺れはじめた。面倒くさくなりネックレスを外してタンスの上に置いた。これでよしと、テレビにもどる。ところがしばらくすると、床にネックレスがカチャッと落下した。

すこし不気味に思えたそうだ。

翌日になってAさんのもとに連絡があった。

昨夜、ネックレスをくれた彼女が首を吊って自殺未遂をしたとのことだった。

第三十三話

昭和五十一年の初夏、東北の山でEさんは車を走らせていた。

数日続いた雨のせいで、別荘に問題がないか見にいってくれと知人に頼まれたのだ。小規模な土砂崩れがよくおこる場所ではあったが、別荘は別段変わりなく無事であった。

その帰り道。車を停めていた場所にもどるため坂をのぼっていると、男が立っているのが見えた。あたりに家はないので登山でもしているのかと思ったが、男は手ぶらで荷物もなにも持っていない。高い気温にも関わらず黒い長袖を着ている。陽が逆光になって顔はよくわからなかった。Eさんはすれ違うとき目をふせ「こんにちは」と頭をさげた。

返事はなかったそうだ。

坂をおりながら胸騒ぎのようなものを感じ、気になってふりかえる。さっきの場所にはもうだれもいなかった。そのとき雲が陽を隠して影がかぶさる。

見上げてみると雲ではなかった。

「気をつけ」をするように、直線に躰を伸ばした男がEさんの真上に浮いていた。

悲鳴をあげてその場を逃げだす。

男はぐんッ、ぐんッと妙な間隔をあけながら、距離を詰めて追いかけてくる。

それでもEさんのほうが素早く、車に乗りこむときには、男はいなくなっていた。


数年後、たまたま地元の者に話したところ「違うよ」と首をふられた。

「違うってなにが違うんですか?」

「服だよ。黒い長袖じゃないよ。そうじゃなくて——焼け焦げてんだよ」

どういうことかEさんは尋ねたが教えてもらえなかった。

なぜかそのひとはニヤニヤ笑って、嬉しそうだったという話だ。

第三十四話

平成十三年、Nさんは彼女の運転する車でガードレールに衝突した。

ふたりとも全治数カ月の重傷であったが、事故の寸前こんなことがあったらしい。

その夜、目的地のないドライブをNさんたちは楽しんでいた。

たわいもない話で盛りあがっていたが、急に彼女の表情が険しくなる。Nさんが「どうしたの?」と尋ねると、彼女は「怖いなあって思ってさ」とかえしてきた。「怖い? なにが怖いの?」「事故。いちばん気をつけないといけないでしょ。事故って怖いよ」

彼女がそうつぶやいた途端、ぐんッと車のスピードがあがった。

「ちょ、危ないよ。もうすこしゆっくり走っ……」

「いや、だからッ! 事故がいちばん危ないからッ!」

そういって彼女は真っ青な顔でNさんのほうを指さした。

「窓の外ッ!」

Nさんが助手席の窓を見る。

灰色の顔をした女児が舌を垂らして、べったりと貼りついていた。

悲鳴をあげたのが最後の記憶で、ガードレールにぶつかる瞬間は覚えてないという。

自分の見たものは事故のショックによる夢か幻覚だった。

Nさんはそう思ったが彼女の「話してもだれも信じてくれないよね、きっと」という言葉で、あれが現実であることを思い知ったのだそうだ。

第三十五話

平成二十八年、曙橋近辺に住むYさんから聞いた話だ。

ある朝、中学生と高校生の息子ふたりが騒いでいたので「どうした？」と尋ねた。

先日、彼らは友人たち数人と一緒に肝試しにいったという。

放置されている廃墟で、地元では有名な建物だそうだ。

わいわいと楽しく騒いで物色したあと、弟がスマホで写真を撮る。その写真を確認すると妙なものが写っていた。それが気持ち悪くて彼らはすぐに写真を消去した。

翌日、朝になってスマホを見ると消去したはずの写真があった。

なぜか、待ち受け画面に変わっていた。

それを見て「昨日の夜は違ったのに」と大騒ぎをしていたのだ。

Yさんが「見せてみろ」とスマホをとりあげる。

興味本位でやってきた彼らを眺めるように——人間の足だけが写っていた。

第三十六話

すこし失念気味だが平成十二年ぐらいだったと思う。場所は伏す。

ちょっとした縁で、ある老人に逢った。

奇妙なもの、不思議なものを見たことがありますかと私が尋ねると、

「ワシにはそういう経験はないが……祖母が『面』を見たといってたぞ」

そういって老人は自分の祖母の体験を話してくれた。


古い話なので、かなりの年月が経過しているはずだ。

どのような経緯でそこにあったのかわからないが、その面は寺に納められていた。彼女の育った村では子どもたちが面のことをささやき、怖がっていた。呪われている、夜になるとひかって表情が変わる、人間の皮で作られている——さまざまなウワサがあったが、どれも不吉なものばかりであった。ところが数多くのウワサに対して、だれも面を見たことがない。ゆえに存在が疑われるものでもあったという。

彼女が十をすぎたころ、寺の住職が「手伝いをして欲しい」と家に声をかけにきた。

子どもの手を借りなければならない、子どもでなくてはならない。

住職が両親にそういっていたのを彼女は覚えていた。父親が「ウチの子に、なにをさせるのか」と尋ねた。寺の簡単な掃除で時間もかからないと住職は答えた。あまりに困っているようすだったので、父は彼女に寺へいくよう命じた。

住職が終わったら菓子をくれると約束してくれたので、彼女はたいそう喜んだそうだ。

ふたりで寺にいき、境内の横道から奥にむかう。現れた門の鍵を開けると大きな蔵が建っていた。寺を囲むものとは別に、そこを囲むようにもうひとつ塀があるせいで、外からも境内からも蔵があるのはわからない。もちろん彼女も初めてその存在を知った。

いくつも錠をかけられており、住職はひとつずつ開錠していく。大きな扉が空くと、だだっぴろい空間があった。明かりとりの窓があるおかげで、なかを見ることができる。真ん中にタタミが何畳か敷かれて、そこに祭壇のようなものがあった。

「ここはね、お面のお部屋なんだよ」

お面と聞いてウワサを思いだし、彼女はすこし身を引いた。

「大丈夫、怖がらなくてもいいから。お面は子どもに悪さはしない。あの奥のどこかにお面が落ちているはずなんだ。それを見つけて、あの木の机の上に置いて欲しいんだ」

住職の顔は笑っていたが、目が真剣そのものであった。

まるで（ここまできて厭とはいわせない）といわんばかりであった。

仕方がなく彼女は蔵のなかにはいり、草履を脱いでタタミにあがる。

祭壇――長細い木の机は等間隔で並んでおり、いくつもの蝋燭が火のついてない状態で鉄皿の上に置かれていた。その合間を縫うように歩き、タタミに落ちているという面を探してまわる。住職はその間、蔵にはいらず片合掌をしながらこちらを見ていた。「お面ないよ。どこにも落ちてないよう」「絶対にあるから。よく目を凝らして探してみて」

陽のひかりが窓からはいってくるとはいえ、床は見えづらい。せめて蝋燭の火でもつけてくれれば……彼女がそう思っていると、落ちている面を発見した。「あった！　お面見つけたよ！」「あっただろ。それを拾って、いちばん奥にある机の上に置いて」

彼女は面に触りたくはなかったが、はやく済ませてここからでたい。おそるおそるしゃがみこんで手にとり、拾いあげてみた。木でできたそれは、ヒゲが描かれた男の面であった。ところどころシミが浮き、やはり怖いものに思えた。タタミの端まで歩き、ゆっくりと奥の机に近づいていく。面を掴んでいる手が脈を打つのがわかった。

いや、そうではない。

脈を打っているのは――指ではなく面のほうだ。それがわかったとき、思わず彼女は足を止めて手に目をむける。面は痙攣《けいれん》するかのようにびくんッ、びくんッと動いていた。

「このお面、動いているよッ！」

一気に恐怖が包みこみ、蔵の入口にいる住職にむかって走りだした途端、

「動くんじゃないッ。それ以上、近づくなッ！」

鬼のような形相で怒鳴りつけてきたので、彼女は足を止めた。

「すこしでも近づいたら扉を閉めて鍵をかけるぞッ！　はやく祭壇に面を置きなさいッ」

住職の迫力のあまり、彼女の目から大粒の涙がこぼれる。

「は、はやく奥へいきなさい。もうそれで終わりだから、がんばって」

あきらかに嘘くさい笑顔をつくり、震える声で住職は彼女に指示した。

彼女はきびすをかえすと奥にむかい、机の真ん中に面を置いた。

その瞬間、ぼッ！　と音を立てすべての蝋燭の炎が灯る。彼女は悲鳴をあげながら入口に走り、外に飛びでた。それを確認すると、住職は急いで扉を閉めて鍵をかけた。

「よし、これでまたしばらく大丈夫だ」

そういって住職はその場でへたりこんだという。


私は老人に「なんだったんですか、その面は」と尋ねた。

「わからん。ずいぶんむかしからある物だったことは確からしいが」「その寺はどこにあ

るんですか？」「あそこの山にあった寺だよ。いまはもうない」「ない？　寺はもうないんですか」「焼けた。火の不始末による火事と聞いているが、疎開していたから詳しくはわからない」「いわくつきの面だったんでしょうね」「あとで祖母はこういわれたらしいよ」

やっと泣き止んだ彼女に饅頭《まんじゅう》を与えながら住職はつぶやいた。

「あれはね、本当はお面なんかじゃないんだ。隙をみて、だれかにとり憑き外にでたがっている。いつかきっと逃げるよ」

そのときには私がまず襲われるだろうから――心配しなくて大丈夫だよ。

そういって大きなため息を吐いていた、ということだ。

第三十七話

平成二十六年の冬、Y子さんの友人が入院した。

その子の母親いわく、重度のこころの病になったそうだ。Y子さんは「でも私、彼女が本当に病気なのかどうか半信半疑なんです」と次の話をしてくれた。


Y子さんとその友人は高校まで同じ学校で社会人になってからも仲がよかった。二十歳を過ぎると一緒によく呑んでいた。その夜も居酒屋で盛りあがっていると、

「最近さ、坂がすっごく増えたと思わない？」

友人が妙なことを聞いてきた。

「増えたってどういうこと？」

「だからね坂よ、坂道。道を歩いていると坂道が増えたなって思うの」

言葉の意味がわからなかったY子さんは彼女が酔ったのだと思った。

「あんた、なにいってるのよ。坂なんか増えるわけないでしょ」

「駅からこの店にくるとき、坂なんかなかったでしょ。でもさっき坂になってた」

ずっと変だと思っていたの。どんどん坂が増えているから。でも最近になってわかってきたの。工事とかで坂ができているんじゃなくて、日本の地形がどんどん変わっているってことが。きっと私のまわりに坂が集まって集まって斜めに斜めになっていつか転がり落ちるように仕向けられている間違いないよこれホントなんだからほらいまも斜めになる。

そこまでいうと友人は躰をかたむけて横に倒れた。

ばあんッという音が店内に響いたのですこし騒ぎになった。

Y子さんは酔った友人と店をでると、そのまま自分の部屋にいき彼女を介抱した。

すぐにスヤスヤと眠ったので安心したが、朝になって目を覚ますと「あんた昨日のこと覚えてる？　お店で酔っぱらって、倒れちゃったんだから」とY子さんは笑った。

ところが友人は「覚えてるよ。坂の話でしょ」と真顔でかえす。

「あれ、ホントの話だよ。もっと注意してまわりを見てよ」

そしたら絶対に気づくから――そういって友人は立ちあがると帰っていった。

しばらくして彼女が入院している病院に、Y子さんはお見舞いにいった。

むかしからよく知る病院のまわりは坂だらけに変わっていたそうだ。

いまも友人は入院している。

第三十八話

平成十四年の真夏、M口さんの家に同級生が遊びにきていた。

買ったばかりの漫画の新刊を読みにきていたそうだ。彼の部屋にはクーラーがなかったので窓と廊下の戸を開け、扇風機をまわしていた。同級生に「ジュース買ってくる。お前もいる？」と聞いて小銭を持って外にでた。家にもどって自室にいくと友人が真っ青な顔をして「さっきのラジコン？」とM口さんに聞く。なんのことか尋ねると――。

M口さんが外出して、しばらくするとぎしッ、ぎしッと足音が聞こえた。

同級生は漫画から目を離して廊下を見る。

すると五十センチほどの和人形が廊下をゆっくり横切っていったというのだ。

「お前がイタズラしてると思ったんだけどさ、違うならオレ……いくわ」

そういって本当に帰っていったという。

ちなみにM口さんの家に人形などなかったそうである。

第三十九話

平成二年の四月、小学生になったばかりの甥をK子さんは寝かしつけていた。

「学校楽しい？」「うん、楽しいよ」

「新しい友だちできた？」「うん、できた」

「どんな子？」「あんな子」

甥が指さす窓には、逆さになって貼りつく子どもが笑っている。

第四十話

平成九年、小学生になるI子さんの息子は「お願いだからッ！」と懇願していた。ダンボール箱にはいった猫を拾ってきて、家で飼いたいとせがんでいるのだ。

彼女の夫は大の動物嫌いである。確かめるまでもなく答えは明らかだ。情が移りそうで厭だったが、いちおうダンボール箱を覗いてみる。可愛らしい目をした子猫がI子さんを見つめていたが——。

「え……なにこれ？」

子猫のまわりに、毛の固まりのようなゴミが散らかっている。

「この猫のきょうだいたち！　何日も何日も同じところに捨てられたままだったから」

死体がばらばらに散乱していたのだ。

生き残った子猫をよく見ると、口のまわりが真っ黒に汚れている。

ということは、コイツは他の猫たちを——。

I子さんが想像した瞬間、子猫が人間のようにニタリと笑みを浮かべた。

第四十一話

詳しい時期は不明。おそらくは戦前である。山々に囲まれた村での話とだけ聞いた。

Eさんたちが遭難したとき、村人が何人も捜索に狩りだされた。大きな熊が出没することと険しすぎる山道であることから、詳しい者でも滅多に近づかない山であった。

数人のグループになった捜索隊が何組も、松明《たいまつ》を片手にEさんたちの名を叫びながら進む。遭難して時間が経っていたので、村で待つ者たちは明るい考えを持てなかった。

しかし捜索から二日目、Eさんたちは無事に発見され下山してきた。熊に追いかけられ逃げまわっているうちに迷ってしまったという。遭難者発見の笛が吹かれ、あちこちにわかれていた捜索隊たちは胸を撫でおろして下山してくる。

ところがある捜索隊だけが、なかなかもどらない。各々のグループの先頭には山に詳しい者が配置されていたが、ミイラとりがミイラになったことも危惧された。

やっともどってきた彼らだったが、ひとりが亡くなったと聞かされた。松明の炎が衣服に移って火だるまになり——手の施しようがない状態だったそうだ。

それを聞いたEさんの妻がわあッと泣きだした。

「私のせいです！　ごめんなさいッ、ごめんなさいッ」

遭難者たちのせいで捜索隊のひとりが亡くなった。

それなら理解できるが、夫を待つ妻が自分のせいとはどういう了見か。

疑問に思った村人が聞いたところ、こんなことを話しだした。

捜索がはじまった初日、夫が無事にもどるよう妻は村の神社を参った。合掌しながら「どうかお願いです、夫たちを無事に帰らせてください」とつぶやくと耳もとで声がした。

「では、ひとり。ひとりだけもらう」

対して妻は「はい、ひとりなら構わないので、どうか、どうかあのひとたちだけは助けてください」とかえした。


偶然だ、あんたが気にすることじゃない。まわりの人間は皆そういった。だが亡くなるところを見た捜索隊は「だから、あんな青い炎だったのか」と納得していたそうだ。

第四十二話

平成十八年の和歌山、M実さんは夜道を歩いていた。

夫が出張にでているのをいいことに友人の家でご馳走になった帰りだ。話しこんでいる間に子どもは眠ってしまったのでM実さんはおこさないよう静かにおぶって帰路につく。

両脇に水田が広がる一本道だった。

音を立てながら砂利道を歩いていると、どこからともなく鼻唄が聞こえてきた。

低い音程ながらも子守歌のようで心地よく、それでいてどこか聞き覚えがある。

（この歌なんだっけ……）と考えて、はッとすると足を止めた。

亡くなった祖母がよく添い寝をするときに歌ってくれたものであった。

そしていま真横にある水田は祖母が生前、管理を任せられていたところだった。

M実さんは祖母が、自分とひ孫を見守っていると感じて涙を流したという。

第四十三話

平成四年の正月、T子さんは夢をみた。

それは気持ちの悪い夢であったが、初夢だから意味があるかもしれないと日記に書きこんだ。彼女は日常的に夢を記録する「夢日記」を数年のあいだ書き留めていたのだ。

次の文章がその日に記した「夢日記」でT子さんが書いたもの、そのままである。

かぞくみんなをお父さんがレイプ、緑色のお風呂に入ってニコニコわらう

生理的に受けつけない内容の夢であった。

問題はその夜、母親と弟が同じ夢をみていたこと。

そして半年後、父親がダム湖で身投げをして亡くなったことである。

ダム湖は苔だらけで水は緑色だったそうだ。

第四十四話

昭和六十年の滋賀県、Iさんは夏休みを利用して父方の田舎に遊びにきていた。

祖母が住んでいる旧家は山々に囲まれた自然あふれる村にある。大勢集まった親せきの家族には彼と歳の近い子どもが何人もいたので、毎日みんなで楽しく遊んでいたそうだ。

そのなかにCくんという子がいた。彼だけは旧家にもともと住んでおり、周辺の遊ぶところにも詳しく、他の子どもたちを色んな場所へ案内してくれた。

かくれんぼ、川遊び、虫捕り、探検ごっこ——。

楽しい時間はあっという間に過ぎていった。

Iさん家族が家に帰る前の晩、食事が終わってからのことだ。

夜になって両親と荷物をまとめていると「あら、どうしたの?」と母親が声をだした。

廊下からCくんが、Iさんたちがいる部屋を覗いている。

「なにしてるの?」という質問に母親が「明日帰るからお片付けしてるのよ」と笑った。

Cくんは無表情で「ふうん」とだけ答えた。

「またくるから、そのときはIと遊んであげてね」

母親がそういうと彼はなにも答えずにぷいっと、どこかにいってしまった。

子供ながらIさんにも、Cくんになにか思いがあるということが伝わった。

やはり寂しいのだろう——考えてみれば日にちの差はあれど、みんな帰っていく。

ここにひとり残される子どもはCくんだけなのだ。すこし不憫に思った母親が「あんた、これすこしCくんにあげたら？」とカバンからケースをとりだした。

退屈なときに遊ぼうと思って持ってきたものだった。流行っていたにも関わらず、外で遊ぶのに夢中で一度もだすことはなかったのだ。人気だった漫画のキャラクターを模した人形で、消しゴムの名称がつくが文房具としての機能はないものだ。ケースにはそれがたくさん収められていた。

Iさんはフタを開けて玩具をとりだした。同じものをふたつ持っていた敵キャラをとりだし部屋の外にでる。廊下のすみに座っているCくんの前にいき、

「これふたつ持ってるから、あげるよ」

そういって彼に差しだした。

「……これ知ってる。強いヤツでしょ」「アニメ観てるの？　ぼく、漫画持ってるから、この先どうなるか知ってるよ」「どうなるの？　あの技で主人公のマスクもとられる？」

しばらくふたりでその漫画の話をして盛りあがっていた。

「……明日帰るんでしょ？　また遊びにきてくれる？」

「うん、絶対くるから。また家にある玩具で、ふたつあるやつをあげるから」

ふたりは指切りをして再会を約束する。

庭から涼しい夜風と鈴虫の声が重なり、彼らを包んでいた。

翌日、父親が発進させた車の後ろから、Cくんが皆と一緒に見送っていた。

姿が見えなくなるまでIさんは手をふるのを止めなかった。


それから半年ほどが経ったある日曜、Cくんは亡くなった。

元気そうに見えたのだが、もともと躰が弱く病気のせいで田舎に住んでいたらしい。

夕食のときに訃報を受けた両親から、Iさんは彼のことを伝えられた。

「可哀そうに……今度一緒にお墓参りにいこうな」

数日しか過ごしていない友人とはいえIさんはショックを受けた。

その夜、Iさんはベッドで寝つけずにいると、部屋の隅に気配が現れるのを感じた。

目をやると、そこにCくんが立っていた。

Iさんは躰をおこして「遊びにきたの？」と小声でささやく。彼はにっこりと笑って、滑るようにすーっとIさんの横に移動した。不思議とまったく怖くはなかった。

「死んじゃったんだよね」と尋ねると、同じように小声で「うん」と返事をする。

かける言葉を選んでいると「玩具、見せて欲しい」とCくんがいった。Iさんはうなずくと、ベッドのしたに置いていたカゴをそっと動かして、ケースをいくつかとりだした。枕元にそれを置くとフタを外して「ほら、これだよ」と前から持っていたもの、新しく手にいれたものを見せていった。Cくんは顔を枕もとに近づけて「いいなあ」と何度もため息を吐くようにつぶやいていた。

「今度お墓参りにいくから、約束通りふたつになったやつ持っていくよ」

Iさんがそういって笑うとCくんの顔がしゅッと無表情になり、

「持ってこなくてもいいから一緒にいこうよ」

くちびるを半開きにして、ぐぐッと顔を近づけてきた。

驚いて身を引こうとすると、素早く腕を掴んでくる。

そのとき初めて怖いと思った。

「やだッ！　離してよッ！」

Iさんは両親に聞こえるように、わざと大声をあげた。

Cくんは哀しそうな顔で彼を見つめると、くちびるを閉じて消えた。

すぐにベッドから飛びおりて部屋をでると、声を聞きつけた両親と廊下で鉢合わせた。

泣きじゃくるIさんを両親は「夢をみただけよ」となだめてくれた。

それでも枕もとに散らばった玩具は残っていたという。

「本当に可哀想なことをしたと思っています。一緒にいくのは無理だけど、断るにしてももうすこし言い方があったんじゃないかな……話せばわかってくれただろうし」

そのときのことをIさんはずっと後悔しているそうだ。

第四十五話

平成二十八年、つい先日のことだが私は都内にある某トンネルを歩いていた。

一部では心霊スポットとして名をはせている場所でもある。とはいえど別に興味本位でいったワケでもなく、住んでいるところからも近いので日常的によく通るだけだ。

深夜二時くらいで、ひと気はなく道路も車の通行はほとんどなかった。その入口に若者が三名ほど立っていた。真横を通過したとき彼らが肝試しにきているとわかった。全員、手に懐中電灯を持っていたのだ。トンネル内は暗いが蛍光灯のライトがあるので充分に明るい。それを知らなかったということは地元の人間ではなく、雑誌やネットで情報を得てやってきた者の可能性が高い。なにより、ただの通行人である私を見て微かに驚いていることから「恐怖を楽しむ者」特有の意識を持っているのが見てとれたからだ。

トンネルを途中まで進んだ私はUターンをして彼らに話しかけた。詳しくは話さなかったが、そういった話を集める仕事をしていると伝える。そのうちのひとりは「雑誌かなんかスか。かっけえ！」と嬉しそうだった。

彼らに、心霊スポットにはよくいくのか、なにか体験をしたことはないかと尋ねた。

すると「かっけえ！」といった子が話をはじめた。

「ほら、富士山にある自殺の名所、樹海にこの三人でいったことがあったんス。コイツがレンタルしてきた心霊スポット突撃みたいなＤＶＤを観て、いくことになったんスけど、深夜の、多分これくらいの時間だったような、車でいったんス。そしたらね、到着した途端に三人の電話がいっせいに鳴って。しかも全員非通知！　怖かったスよッ！」

興奮したようすで話す彼の横で、ふたりも首を縦にふりながらうなずく。

私が「今夜は鳴らなかったんですか？」と冗談交じりにいうと、彼は笑いながら「あははっ、今日は鳴ってないスねえ」とポケットに手をいれてスマホをとりだした。

「あれ……着信が……」

つぶやいた彼の顔が青ざめるのがわかった。

他のふたりも自分のスマホを見て「え……うそ」と同じように表情を変える。音を切っていたのか着信に気がつかなかったのか——全員に非通知の着信履歴があった。

そして私をおいて逃げだすように、彼らは車を停めた場所へと走っていった。

第四十六話

先ほどの心霊スポットの出来事と同じような話はまだあるので、もうひとつ記す。

平成十六年、映像の素材を撮る友人に頼んで、京都のKトンネルという心霊スポットへ同行させてもらった。もちろん私は仕事でもなんでもなく、ただ興味本位でいっただけだ。友人のほうはひとりでいくのが心細かったので（助かった）という顔をしていた。

到着するとすぐにトンネルを通過することになり、再び外にでると大きな駐車場があったので「ここにいったん停めよう」と私の軽バンを停車させた。

友人は持ってきた機材を準備して、今度は徒歩で一緒にトンネル内にはいった。一定の間隔でオレンジ色のライトが灯っており、撮れている絵も雰囲気も抜群であった。なかを歩くあいだ、ひとも車もこなかったので写真も動画の撮影も滞ることなく進んでいった。

反対側、つまりは車ではいってきた入口に到着したとき数人の若者が肝試しにやってきていた。男が四人、おんなが三人の気さくな連中で「おっちゃんたち、なにしてるん？もしかしてテレビかなんか撮ってんの？」と明るく話しかけてくる。そのころはいまよりも心霊スポットを映したような映像はあまり出回っておらず、撮影しているのが珍しかったせいかもしれない。仕事で必要な映像を撮っているのだと説明した。その最中に友人が、その若者たちがトンネルで怖がっている姿を素材として撮ることを思いついたらしい。

話すと全員、快く了承してくれた。私たちは後ろから彼らの背中を撮り、彼らは私たちを意識せずに進んでいく。ついでに写真も撮っておこうとデジカメのシャッターを押した。フラッシュがひかるだけで驚き、いいリアクションをしてくれていた。

トンネルの出口をでると皆で駐車場に集まった。友人が機材を片づけているあいだ軽バンのなかにクーラーボックスがあったので、そこにはいっていたビールやジュースをお礼に渡して皆と雑談を交わしていた。なにか怖い体験をしたことがあるかと尋ねると、「声が聞こえたりしたことあるで。ふふッっておんなが笑う声とか」「コイツと心霊スポットいくと絶対にオーブの写真が撮れるねん。お前、呪われとるんと違うか」

そういって指さされた若者はかなり痩せており、幸《さち》うすそうな笑顔を浮かべた。

しばらく話したあと、片付けが終わったので我々は退散することにした。若者たちは最後まで愛嬌があり、バックミラーでこちらに手をふっているのが見えた。

後日、友人から何枚か面白いものが写ってるから見にこい、という連絡があった。心霊写真かと期待して彼の家にいき「なにが写ってた?」と尋ねて「オーブ」といわれ露骨に落ち込んでしまった。霊的エネルギーの塊と聞いたこともあるが、埃や虫がフラッシュの反射で丸くひかっているだけとしか思えない現象だったからだ。

「オレもオーブは違うと思うけど、ちょっと見てみいな」

友人はそういって三枚ほど写真を渡した。

確かにオーブの写真のようであったが、いままで見たものとすこしだけ違っていた。あの痩せた青年のまわりにだけひかりの玉が浮いている。もういちまいも彼の躰に寄り添うようにしっかりと映っていた。「もういちまい、最後のヤツ見てみ」と友人が笑って写真を指さす。最後のいちまいは彼を背中から撮ったものであった。列をなしたオーブがまるで彼に引き寄せられるように、まっすぐにむかっているのが写っていた。

私が「あの子も他の子も、これから先も肝試しをするやろうし……大丈夫かな。オレたちの車に手ぇふって、見送ってくれたあの姿が最後やったりして」というと友人は、

「……手なんかふってたか？」

本気とも冗談ともつかない声で、そうつぶやいていた。

第四十七話

平成二十年の夏、園芸が趣味のK井さんから聞いた話である。

朝、じょうろを持った彼女がいつものように外にでると、庭の隅に変わった形の赤い花が咲いているのを発見した。その場所に種をまいた覚えはない。だが自然に花が咲くくらい充分にあり得る。

そんなことより、珍しい花だったのでK井さんは釘付けになってしまった。

赤い触手のような花弁がいくつも伸びて、タコが万歳をしている姿にも見える。

一見すると彼岸花に近いが、茎が短く葉が二枚あるので違うようだった。

なんの花なのか、あとで写真を撮ろうとK井さんは思った。

じょうろに水がたっぷりはいっていたので、まずは他の花に水を与えようときびすをかえした。しかしすぐに（せっかくだから、あのお花にも水をあげよう）と思って、ふりかえると――。

「え？」

いましがた、そこにあった花が消えていた。

真上を見ると、ぱたぱたと葉を器用に動かして塀をよじ登る花の姿があった。

そのまま花は塀をこえて、庭から逃げてしまったそうだ。

数日後、塀のむこうにある隣の家で不幸が立て続けにおこった。

「むかしから彼岸花って縁起が悪いって聞くことがあるんですけど、もしかしたらそれって彼岸花に似ているあの生き物のことかもしれませんよ」

そうK井さんは苦笑いを浮かべて話していた。

第四十八話

平成二十六年の秋、本屋で勤めているF代さんの話である。

彼女は開口いちばん「怪談の本って迷惑なんですよ」と小言をいった。

その理由がこの話である。


店はアーケード商店街の中央にあった。

本来、本はジャンルやトピックス別に棚へ並べられるのだが、店長やオーナーの好みが反映されることもある。F代さんの勤めている本屋の店長は怪談の類が大好きだった。そのため怪談をだしている出版社の本が、常に「ある一角」に集められていた。

F代さんはそれが厭で仕方がなかった。

そもそも怪談は滅多に大きな売上をだすジャンルではない。他の本屋をみてもわかる通り、ひっそりと置かれているか、夏に「恐怖フェア」などと銘打ってコーナーを設置する場合が多い。ところが彼女の店では年中、怪談本が大幅に棚を占領していた。

あるときバイトが「あそこのコーナーってキモくないですか?」とF代さんにいった。

彼女が指をさしているのは先日移動させたばかりの怪談本のコーナーである。

「まあ、並べられている本もポップも気持ち悪いのが多いもんね」

「そのせいもあるんでしょうけど、それとは別に……なんか煙みたいなのが」

ときどき視えるんです、とバイトはいいにくそうにつぶやいた。

「すぐ消えちゃうんですけど……なんかボンヤリ視えるんですよね」

「なにそれ？　もしかしてその手の話が好きなの？」

霊魂などを信じていないF代さんは、怪しいものを見るような眼差しをむけた。

「そういうワケじゃないですけど……いえ、なんでもないです。忘れてください」

なにかに耐えられなくなったように、バイトはその場を離れていった。


それから数日後の夜のこと。

店のレジの調子が悪く、F代さんは閉店作業にずいぶん時間がかかっていた。

はやく帰りたいのに、とぶつぶつ文句をいいながら計算をしていると。

突然、店の蛍光灯がちかちかと点滅をはじめた。

（ちょっと……このタイミングで電気の寿命？）

点滅している蛍光灯は怪談本コーナーの真上である。

勘弁してよ、とため息を吐く。

放置して明日だれかに代えてもらおうと考えていると、点滅はすぐにおさまった。

するとそこに、なにかが立っている。

F代さんは腰かけていた折り畳み椅子から立ちあがり、目を凝らした。

影のように全身がまっ黒の髪の長いおんなが立っていた。

おんなは背筋を伸ばしながらも、その首はうなだれるようになにかを見ている。

F代さんが察するに、彼女は怪談本を見下ろしているようだった。

すぐに逃げだしたくなったが、自分が任されている店である。

「だれッ！　そ、そこでなにしてるのよッ」

震えながら怒鳴ると、おんなは頭だけをにゅッと動かしこちらをむいた。

目も、耳も、鼻も確認できなかったが——口だけはハッキリとしている顔だった。

にたりッ。

F代さんが悲鳴をあげると、おんなは消えた。

消える寸前、ふわッと霧散したのがわかった。そこではじめてバイトがいっていた「煙のような」という言葉の意味が理解できた。

後日、店長にそのことを報告すると、

「あちゃあ。視ちゃったか。ちょっと長すぎたな。よし、じゃあ今日は」

怪談本コーナーを違う棚にまた移動させよう！　と笑顔をつくった。

それが理由ではないがF代さんはしばらくして店を辞めた。

数カ月後に店を通りかかると、本屋はビルごとなくなっていたということだ。

第四十九話

平成元年の十二月、Ｋさんが生まれる日のこと。

彼女の母親は実家のリビングでコタツにはいりテレビ番組を観ていた。

座椅子にもたれてくつろいでいると、目の前の襖が開いた。

てっきり自分の両親だと思った母親は時に気にもせず、すぐにテレビへ目をもどす。

ＣＭになったのでもう一度襖を見ると、ちいさな男の子が立っていた。

「うまれるよ」

そういって男の子は襖を閉めた。

途端に陣痛がはじまったので両親を呼び、病院に運ばれて、Ｋさんが誕生した。

男の子について両親に尋ねたが心当たりはないという。

母親が「この子の守り神かな」とＫさんを撫でながらいうと、両親は「どちらかというと、あんたの守り神さまでしょ」と笑っていたそうだ。

第五十話

昭和二十六年の那覇市、Aさんはいつものように走りまわっていた。

あまり知られていないが、沖縄でも空襲があって市の半分は焼け野原であった。

終戦後ぽつぽつと家は増えたが、そこいら一帯はまだ復興には程遠い状態だった。

そんななかAさんたちが好きだった遊びが「鉄くず叩き」だったそうだ。

彼らが「鉄くず」と呼んでいるのは地面に埋まっている楕円形の鉄の塊のことだ。

それを探しだして石や棒で叩き、歌い踊るだけの遊びであった。

この遊びをして騒いでいると必ず大人が「ヤナワラバァ（クソガキ）よ！」と怒る。

それも含めて面白かったので毎日、鉄くずを探して走っていたのだ。


いい鉄くずを見つけたという友だちに案内されて、Aさんたちは駆けていた。

いくつもバラック小屋を通っていくと、半焼したままの神社にその鉄くずはあった。

自分たちの身の丈ほどもある大きなものであった。Aさんも友だちも皆、各々に石や棒を拾ってカンカンと叩きながら鉄くずを囲んでグルグルとまわり大声をあげていた。

無意味だからこそ楽しかったがAさんの目の端で、なにかが動いたのがわかった。石台の上、焦げ跡がついているシーサーがこちらをむいていたのだ。

Aさんは叩くのを止めて「わッ」と声をだすとシーサーは元のむきにもどる。

「いま、あれ動いたよ！」

そういって友だち数人とシーサーのもとに走った。

黙って見つめたが特段なにも変わりはない。ぐっと口を閉じて鎮座しているだけだ。

「なにしてるの！　こっちでもっと叩かんと、大人が来んさあッ」

ひとり叩き続けている友だちの躰が轟音《ごうおん》と共に、木っ端《こっぱ》みじんに吹き飛ぶ。

鉄くず——不発弾が爆発したのだ。

第五十一話

平成七年の大阪、高校生だったYさんは彼女を連れて兄のマンションにむかっていた。ひとり暮らしの兄が部屋を空けるのでひと晩使わせてもらい、彼女と酒でも呑もうと企んでいた。もちろん彼女のことはいわず、ただ「貸してくれ」とだけ頼んだ。

マンションに到着して階をのぼり、玄関を開けて部屋にはいる。居間にいくと見知らぬ老婆が正座をしていた。一瞬ふたりとも呆気にとられたが「あの、どなたですか」と尋ねてみた。老婆はYさんたちを見据えたまま――がぱあッと口を広げる。

そのアゴが、すとんッと絨毯《じゅうたん》についた。

「きゃあああッ！」

Yさんたちは飛ぶようにマンションから逃げだした。

よく考えたら兄の悪戯《いたずら》だったかもしれない。

翌日になって問い詰めると、彼女と一緒に部屋へいったことをいい当てられた。

兄は「あのババアのせいでオレもおんな連れこまれへん」と悔しがっていたそうだ。

第五十二話

平成三年の冬、小学四年生だったC子さんの教室でウワサがひろがった。

それは「教室内に見えない猫がいる」という奇妙なものであった。

「――放課後だれもいなくなると猫の鳴き声が聞こえてくる」

「――むかしこの教室で死んだ生徒の飼っていた猫がその子を探している」

「――もうすぐ死んでしまう子どもにしか見ることができない猫」

他にもコックリさんで呼びだされた動物霊だという話や、化け猫の類であるという話があったが、どれも信ぴょう性に欠けておりデタラメなものだった。

ただ一度だけこんなことがあったという。


ある寒い冬の授業中であった。

「黒板に書いたものをノートにとるように」と女性教師は指示してチョークを持った。

黒板の端から文章を書いていき、みんな黙々とノートに鉛筆を走らせる。教室のなかはカリカリという音と、ストーブの火が燃える音だけが響く。文字を書くのが遅いC子さんは黒板とノートを交互にみて必死に書き写していった。

「あれ？」「……なんて読むのあれ？」

数人の生徒がぼそぼそといいだした。

なんのことだろうと思ったC子さんが黒板をみる。教師がチョークで書いている字がおかしかった。読むことができない文字——というよりただの波線に変わっていた。

ざわざわと生徒たちが騒ぎだすと、教師は生徒のほうにふりかえる。

右目と左目が外側をむき、よだれを垂らしていた。

呆気にとられる皆の前で赤ん坊のような声をだし、ストーブのほうに歩いていく。

そしてそのまま両手をストーブに押しつけた。

熱い鉄板に水滴を落としたような音がして、前の席にいた生徒たちが悲鳴をあげた。

声を聞いてやってきたとなりの担任が教室を覗く。

「なにやってんですかッ！」

教師は押さえつけられ、外に連れだされていった。

ちらりとみえた両手は真っ赤に腫れて皮膚がめくれあがっていた。

その後、教師は学校にこなくなりC子さんのクラスは担任が替えられた。

前の担任は病気になったという説明だけで、実際のことを知る者はいなかった。

ただストーブで手を焼く前に発した声は、C子さんには赤ん坊の声に聞こえていたが、あれは猫の鳴き声そのものだったと――何人かの生徒はゆずらなかったそうだ。


それから十五年ほど経ってC子さんは地元にもどる機会があった。

懐かしく思いながら通っていた小学校の近くを歩いていると「C子さん」と後ろから声をかけられた。

ふりかえるとあの女性教師が立っている。

自分を覚えていたことにも、年月のわりには外見は変わっていなかったことにも驚いた。

「先生、お久しぶりです……もう躰は大丈夫なんですか？」

そう尋ねると教師は「その節は迷惑かけたわね」と嬉しそうに笑っていた。

C子さんは思いきって、あのときなにがあったのか尋ねてみる。

「あの当時はちょっとこころが弱っていてね……変な幻覚をみていたの」

猫が腕にしがみついて授業を邪魔しようとするから――捕まえて焼いてあげたの。

そういってやはり嬉しそうに笑っていたという話だ。

第五十三話

平成二十七年の夏、Ｌさんはネットの生放送でひとり、怪談を語っていた。

閲覧している者はすくなくコメントもほぼない状態であった。

やる気がどんどんなくなって、そのうち怪談ではない話をはじめた。

だらだらと時間をつぶして放送は終わる。

ため息を吐いて、すこしでも雰囲気をつくろうと火を灯していた蝋燭《ろうそく》を吹き消す。

その瞬間、台所からバチンッ！　という音がして部屋が暗闇に包まれた。

Ｌさんは声をだして驚き、壁のスイッチに手を伸ばすが、いくら押しても電灯はつかなかった。

(わかった、さっきのは台所のブレーカーが落ちる音だったんだな)

そう気づいて真っ暗な台所にいく。

なぜブレーカーが落ちたのか考えると怖かった。

おそるおそる足を進めて台所にいき、ブレーカーをあげると電気がついた。

(よかったあ……マジびびったわ)

そう思って流しの前にある窓に目をやった。
外廊下に面したその窓のむこうに、だれかがこちらをむいて立っている。
くもりガラスでハッキリとわからないが、どうやら男性で――怒っているようだった。
蒲団にもぐりこみ、朝になるまで震えていたそうだ。

怪聞通信　竹書房ホラー文庫

2016年10月号　発行：(株)竹書房

★今月の新刊

怪談売買録 拝み猫

黒木あるじ　定価 本体650円+税

振り向くな！ 耳を澄ますな！ 怪しい気配を目で追うな！
怪異はすでにそこにいる…。
禍々しい風土の祓えない恐怖譚！

ISBN978-4-8019-0893-2

あやかし百物語

伊計翼　定価 本体650円+税

永遠の業火で呪われし九十九話。
読み終えた後は…知らない！
YouTuberせきぐちあいみも戦慄！
怪談社百物語シリーズ、第2弾！

ISBN978-4-8019-0894-9

「超」怖い話 仏滅

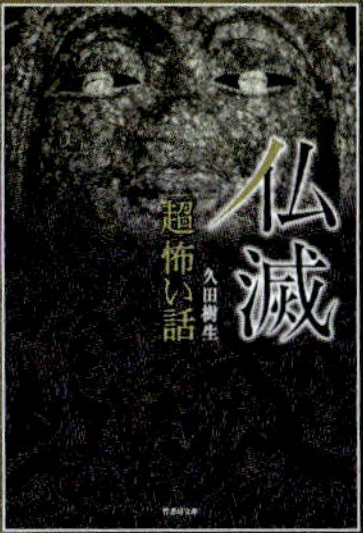

久田樹生　定価 本体650円+税

不思議なこと、空恐ろしいこと、あるんです…。
大反響の前作「怪仏」に続く
お寺の住職が語る怖い話。
占い師の語る恐怖実話も同時収録！

ISBN978-4-8019-0892-5

来月の新刊 11月29日発売予定

※発売日、タイトルは変更の可能性があります。

恐怖箱 酔怪 加藤一（編著）

酒場には怪がやってくる…夜の街で聞き集めた空恐ろしき実話怪談！

実話コレクション 邪怪談 小田イ輔

身辺に怪を引き寄せてしまう体質の著者が語る禍々しすぎる恐怖実話！

怪談五色 破戒 我妻俊樹、他

五人の怪談人が集まり極上の怪を語り恐怖を競う人気シリーズ最新作！

平山夢明 恐怖実話全集、好評刊行中！

鬼才・平山夢明の原点＝実話怪談。

日本のホラー界を牽引する平山夢明の恐怖実話全集が満を持して登場！幻の初期絶版作品の完全収録に、最新書き下ろしも追加。すべてのホラー愛好家におくる「超」永久保存版！

●**シリーズ全6巻、毎月20日頃発売予定。**定価 本体660円＋税

①～④巻好評発売中！ ⑤巻11/21、⑥巻12/20 発売予定

平山夢明恐怖全集 怪奇心霊編①

鬼才誕生。すべてはここから始まった…伝説の絶版本が復活。最新書き下ろしエッセイ特別収録！

平山夢明恐怖全集 怪奇心霊編②

怪談革命。実話の概念をブチ砕く圧倒的な恐怖。多くの怪談ジャンキーを生み出した伝説の数々！

平山夢明恐怖全集 怪奇心霊編③

地獄爛漫。記憶から消せない一生ものの恐怖。稀代の衝撃作「皮膚」他、中期の傑作がズラリ！

平山夢明恐怖全集 怪奇心霊編④

悪夢増殖。「ガチ」で「怖い」から「ガチ怖」。グロと抒情が絡み合う唯一無二の恐怖世界！

竹書房ホラー文庫 好評既刊

怪談実話傑作選 弔　黒木あるじ
定価 本体780円+税

1000話以上の怪談を送り出してきた怪談実話シリーズ初のベスト傑作選。これぞ最恐、珠玉の1冊!

魔刻 百物語　伊計翼
定価 本体650円+税

大人気、十干シリーズから極上の怪談を選出し加筆修正、新作五十四話も追加した全99話の怪異集!

「超」怖い話 憑黄泉
久田樹生　定価 本体650円+税

あの世からズルリと引き寄せた恐怖。得体の知れぬ匂いと味、手触り。久田版「超」怖い話の新境地!

人気作家が集う、怪談イヴェント第3弾! 情報

「バンブーホラーナイトVOL.3 ～怪談社による最初で最後のトークショー ＋ 怪談作家が語る恐怖の裏の裏～」

【出演・ゲスト(予定)】怪談社(糸柳寿和、上間月貴)、住倉カオス、葛西俊樹、真白圭ほかB.B.ゴローも!

【日時・会場・料金(予定)】11月10日(木) 開場:18:30 開演:19:30
LOFT9 Shibuya 渋谷区円山町1-5 KINOHAUS 1F
前売2,000円 当日2,500円(飲食別)前売り券は「e+」にて好評発売中!

当日、文庫および物販&サイン会も予定!

●詳細はLOFT9 Shibuyaまで。→**http://www.loft-prj.co.jp/loft9/**

愛読者キャンペーン! **心霊怪談番組『怪談図書館's黄泉がたりDX』が無料動画で楽しめます!**

怪談図書館's黄泉がたりDX

2016年10月発売のホラー文庫3冊(「怪談売買録 拝み猫」「あやかし百物語」「「超」怖い話 仏滅」)をお買い上げいただくと「怪談図書館's黄泉がたりDX-31」「怪談図書館's黄泉がたりDX-32」「怪談図書館's黄泉がたりDX-33」を全部見ることができます。詳しくは各本の223Pをご覧ください。

(株)竹書房　〒102-0072 千代田区飯田橋2-7-3 TEL.03-3264-1576 FAX.03-3237-0526
http://www.takeshobo.co.jp/　全国書店またはブックサービス(0120-29-9625)にてお買い求めください。

「人気作家による実話怪談リレー」

黄泉がたり、黄泉つぎ

直感

黒木あるじ

【日時／二〇一六年九月二十一日・午前四時三十分】
【話者／都内タクシー運転手・イベント打ち上げの帰りにホテルまで乗車した際の話】

え、怪談ですか……いやあ、運転手になってずいぶん経ちますけど、そういう経験はないです。ま、本当にちょっとした話ならありますけど。

こうやって夜中に走ってると、一瞬ゾゾッってする場所があるんです。寒気と言うより〈怖気〉って表現が正しいかなあ。別に私、殺されかけた経験はないですけど「あ、たぶん殺人犯に会ったらこんな気持ちになるかな」って直感するんです。で、何日か経っておなじ場所を昼間に走っていると、怖気を感じた場所からだいたい二百メートルくらい離れた場所に「有る」んですよね。

花束が、道の脇に。お菓子なんかと一緒に。

いや、停まったりなんかしません。だいたいお客さん乗せてますから横目でチラッと見て「あちゃあ」と思うだけです。でも……変でしょ。もし花束があった場所で誰かが死んでいたとしても、ですよ。そこからずれた場所で気配を感じるっておかしいじゃないですか。だから……私ね、思うんです。

ああいう「モノ」は、死んだあたりをけっこう動きまわっているのかもな、って。

ええ、いままで四度くらい経験してます。毎回、花束が道ばたに……いや、あの夜はなかったんだよな……そうだそうだ、一度だけ妙な夜があったのを思いだしました、ええ。ゾゾッとしたのに花束もなにもなくてね。「ありゃ、今回は勘違いだったかな」なんて思ってたら、二、三日後にその通りがパトカーだらけになっちゃってね。

女の人、殺されてたんです。私の車が真横を通りすぎた、ビルの中で。

だからやっぱり、直感って当たるんですよ。

次回はつくね乱蔵さんです、お楽しみに！

第五十四話

平成十七年の秋、アパートの一室でCさんは自ら命を絶った。

Nさんと友人たちは彼の葬儀に参列し、故人の父親から部屋の片づけを頼まれた。母親はおらず父親も躰が不自由で困っているという理由からだ。目をはらした老人の願いを断ることができず、彼らはそれを引き受けてしまった。

帰りの電車内でNさんを含めた友人五名は話しあった。どれほど荷物があってどのくらいの時間がかかるのか知りたかったため、そのままCさんの部屋にいくことになった。

父親にもらった鍵を使って部屋の扉を開けると、まずは台所のようだ。

「お邪魔します……ってだれもいるワケねえか。電気つけるぜ」

「思ったより広いじゃん。冷蔵庫、レンジ、食器棚……ガスコンロもかな?」

そのまま奥の部屋、寝室へとはいっていき電灯をつけた音。

「わッ……なんか片付いてるな。アイツ生意気にデカいベッドで寝てたんだ」

「テレビも別にちいさくはないな……本棚は漫画ばっかり。漫画好きだったもんな」

予想よりも片付けやすそうな部屋で、Nさんたちは安心したようだ。

「お。ビールにチューハイ、やたらあるじゃん」

「お前、ひとの家の冷蔵庫勝手に開けてんじゃねえよ」

「いいじゃん、だれも呑まないし。アイツのために献杯してやろうぜ」

「呑みてぇだけだろ……まあ、いいか。一応、Cのも持ってきてやれ」

Nさんたちは C さんのぶんの缶を開けると、テーブルを囲み「献杯」と合唱する。

「はあ……よくみんなでここに集まって呑んだよな。ほら、お前もあのときいたじゃん」

「ああ、お笑い番組観てたときか。あんときのCのモノマネ最高に面白かったよな」

「いちばん長生きしそうだったのに、こんなにはやく死んじまうなんて……」

「あのバカ、なんで自殺なんかしたんだよ。なんでもいってくれりゃいいのに」

数人がまた鼻をすすり泣きだしたので、Nさんは肩を撫でて慰めているようだ。

「アイツ、そういや変なことといってたんだぜ。お前ら、いわれてねえか？」

「あ？　なんのことだよ、変なことって」

「いやノイローゼって話してたけど、マジで参ってたんだよなアイツの神経」

「ああ、声か。いってたな。そういえば」

「そうだよ、声のことだよ！　思えばあれがアイツのSOSのサインだったかもな」

「うん？　なんだ？　声って？」

「いまここで話すことじゃねえだろ。止めとけよ」

「なんのことだよ、そこまでいったなら教えろよ」

「部屋にいると、おんなの声が聞こえる、怖いってワケのわからないコトいってた」

「なんだよ、怖いな。もしかしてとり憑かれてたとかじゃねえの」「いぃち」

「そういうこというなよ。ここでアイツ死んでるんだから気ぃ使えよ」「にぃ」

「……すまん、なんかアイツ最後らへん、ようす変だったから」

「まあ、いいや。ここの荷物なら軽トラ一台で充分だろ」「さぁん」

「そうだな、で、いつにする？　ここ片づけるの。みんな休みは日曜日か？」

「あ、オレ、日曜は仕事。土曜なら空いてるんだけど」「よん」

「うーん、会社に頼んだらなんとかなるかも。上司に聞いてみるわ」「ごぉ」

「予定メモっとく。携帯、携帯……あれ？　なんか携帯、録音モードになって——」

以上が録音されていた内容である。

Nさんのポケットのなかで携帯の録音ボタンが偶然押されていたのであろう。

彼ら五名を数えているると思われる「おんなの声」がはいっていた。

第五十五話

平成二十年の三月、Y孝さんは弟の結婚相手と初めて顔をあわせた。

親せき一同がそろい、歳の近い者も多くいたので酒席は盛りあがった。

すこし酔ったY孝さんは調子にのり、弟が幼いころの恥ずかしい話も語っていた。

なかに弟が汲みとり式便所を怖がりすぎて発生した「風呂場大便事件」があった。

可愛らしい話だが「それって……あの怖い話？」と弟の結婚相手が真顔になる。

風呂場で用を足す話がなぜ怖いのか、Y孝さんが尋ねたところ――。

彼ら兄弟が小学生のころ、夏休みを利用して母親の田舎に泊まりにいった。

ぼろぼろの平屋が母親の実家で、台所も風呂もトイレも離れになっているつくりだ。

Y孝さんもこれほど古い家を見たのが初めてで、かなり驚いたことを覚えている。

まだ小学生になったばかりの弟は家を見て唖然としていた。

それでもやはりいちばん驚いたのはトイレで、Y孝さん自身それを見たとき悲鳴をあげそうになった。長方形の小屋のなかに板を置いただけのものだ。用を足す穴は浅くて、蛆虫がウジャウジャとうごめいているのが見てとれる。そのインパクトもさることながら尻と穴が近い。穴が近いということは蛆虫の大群に近いということである。なぜかドアもなく、外からは用を足している姿が丸見えになっていた。

「なんでドアがないの！　なんでこんな気持ち悪いの！　ねえ、なんで！」

「むかしからこういうものだし、角度的に塀の外からは見えないから、いいじゃない」

平然といってのける母親にY孝さんは絶句してしまった。

彼以上に驚いていたのは弟だ。青ざめた顔を兄にむけて（いますぐに……ホームに帰りたい）という無言のメッセージを送っていた。

田舎生活に慣れないと思ったが、Y孝さんは一週間も経たないうちに適応した。もともと住んでいるかのように近所を走りまわり、適当に声をかけては友だちをつくり、家のどこになにがあるのかを把握して、トイレにも風呂にもひとりでいけるようになった。

弟もある程度は慣れていったがトイレだけは無理だったようだ。尿意をもよおすと塀の外にいき、近くの畑でこっそりとしてくる。Y孝さんは「家でしろよ、あんなのへっちゃらだぞ！」と煽ってみたが弟はかぶりをふって厭がっていた。このときY孝さんは（コイツ、大がしたくなったらどうするんだろ？）と疑問に思った。小ならすぐに終わるし、ひとに見られても平気だろうがソッチはそうはいかない。

それでも（ま、いっか。我慢できなくなったらトイレでするだろ）と考えた。

そして記憶に残る「風呂場大便事件」がおこった。

数日ものあいだ我慢していた弟がついに風呂場でこっそり放出。しかも報告はせず。

母親が発見して絶叫、子どものとは思えないほどの量であったそうだ。


「それのどこが怖い話なんだよ」

「アニキ視えてなかったんだよ。あのトイレ小屋、ドアがなかっただろ。なかに」

ずっと老婆が立っていた、と弟はいうのだ。

「この席でそんなこといっちゃう？　むかしのことだからウソつかなくていいじゃん」

「いや、ホントだって。頭が半分ハゲてる婆さんがずっといたんだよ」

その言葉を聞いてY孝さんの母親が「あんた、なんで知ってるの？」と青ざめた。

「私のお祖母ちゃんよ。空襲で火傷《やけど》の痕があって……最後はトイレで亡くなったわ」

その場にいた全員凍りついてしまい、酒席はすぐにお開きになったという。

第五十六話

平成四年の夜、都内を歩いていたHさんは手をあげてタクシーを停めた。

乗りこんで行先を告げるとすぐに車は発進する。

すこし疲れていたHさんは黙って外の景色を眺めていた。

突然、運転手が「はい?」と声をだす。「すみません、聞きとれなくて。いまなんておっしゃりました?」「……いえ。オレなにもいってません」「ああ。失礼しました……お客さん、もしかしてお墓参りの帰りですかね?」「え? ああ、はい。そうですけど」

Hさんが答えると「だからかぁ」と運転手は黙りこんだ。


目的地に到着したのでHさんは料金を払う。

お釣りを手渡されるとき、小銭と一緒に「これよかったらどうぞ」とちいさく折りたたんだ紙を渡された。

「塩です。肩などにふりかけてください。事故には気をつけて。おやすみなさい」

Hさんがタクシーを降りた途端、急発進して去っていったそうだ。

第五十七話

　平成十一年の冬、T川さんは岡山県の山中を進んでいた。

　保険会社で勤めている彼は、ある集落に住む顧客家族に書類を渡し、サインをもらうためバスに乗っていた。

　しかし、思った以上に遠い場所で集落に到着したときには夕方前になっていた。やっと目的の家族に逢えて家をでるときには、もうすでに空は暗くなりはじめていたそうだ。

　T川さんは宿の予約をとっていたが（バスをひとつ逃すだけで、ホテルまでいけなくなりそうだな）と走ってバス停にむかう。

　急いだ甲斐あって間にあったが、逆にかなりはやく着きすぎたようだった。

　時刻表をみてため息を吐くと、錆《さび》だらけの青いベンチに腰掛ける。

　バスがくるまでまだ四十分以上もあった。

　退屈だが時間を潰すためにバス停を離れて、乗り損なったりすると困る。

　やることはないが、じっと待つしかない。

　なにも考えず、暗くなった空を見ながら、ぼおっとしていた。

首が疲れてきたのでしたをむくと、シワだらけの足が目にはいる。

ちいさく驚きの声をだし、顔をあげるといつの間にか老婆が真横に立っていた。いくつもの毛糸が飛びでた、古い紫色のニットジャケットを羽織《はお》っているが裸足《はだし》であった。

冬の山岳地帯の気温である。

たった数度しかないのに老婆は平気なのだろうか——T川さんはベンチに座ったまま老婆の顔を見上げる。その肌は足と同じように紫色に変色していた。

(絶対におかしなひとだ……)

身構えていると、老婆がブツブツとなにかをつぶやいていることに気づいた。

息を止めて耳をすませる。

「……だら言ったのにどうして聞かなかったのかもうどうしようもなかったのか」

なにか後悔をしているようにも、恨み言をいっているようにも思えて不気味だ。

(厭だなあ、はやくバス来ねえかなあ)

腕時計を見るとまだ二十分以上も時間はあった。

静かにため息を吐き、目をつぶるとキィ……と微かな音がする。

前を見るとバスが停まっており、ドアから老婆がゆっくりと乗車していた。

はやく到着したのか——そう思ったがようすが変なことに気づいた。

バス内は電気がついておらず、真っ暗なのである。

数人が座っているようだが、暗い車内のせいでだれひとり顔が確認できなかった。先ほどの老婆と思われる影が移動して空いている席に腰かける。呆気にとられるT川さんをよそにドアが閉まり、車内だけではなく、なんのライトも点灯していないバスは発進した。

しばらくすると本物のバスが無事に到着したそうだ。

第五十八話

平成九年の師走、Wさんは駅で自殺を目撃した。

電車を持っていたとき、反対側のホームの男性と目があった。

寂しげな暗い目で、だれかと話したそうな――そんな表情でWさんを見ていた。急行電車が通過するアナウンスが流れた。

Wさんは（アイツ、死ぬ気だ）と直感したという。

そんな考えを読んだのか、彼はうっすら笑って一歩前にでる。

電車がきたと同時に男性は、まっすぐ倒れ込むように線路へ飛びこんだ。

ばんッ！　と電車の前面にあるガラスの破片があたりに飛び散るのがわかった。こちらのホームではWさんのように見ていなければ状況がわからなかったようだが、反対側では多くの悲鳴があがっていた。

男性は叩きつけられ、車輪に巻きこまれ転がされて反対側、Wさんの前に飛びだした。

千切れかけた四肢はあらぬ方向をむいており、胴体からは臓物がはみでている。

そこから煙のように勢いよく湯気が立ち上っていた。

湯気はふわふわと昇り、空中にあがっていく。
そのままWさんの前でぼんやりと丸い塊になって、薄い人間の姿になった。
その顔は生前と同じく、寂しそうに笑っていたそうだ。

第五十九話

昭和二十年の終戦の日、Oさんの祖父は玉音放送の内容を友人から聞いた。

長い戦争が終わったと知って複雑な気持ちになったが、すぐに祖父は近くの神社にいってこれから先の日本の無事を祈り、目を閉じて手をあわせた。

深々と頭をさげたあと、きびすをかえして歩きだす。

ちょうどそのとき、石段をのぼって鳥居をくぐる少年が目につく。にこにこと可愛らしい笑顔で勢いよく祖父のほうに走ってきた。ぶつかりそうになったので横によける。

すると少年は「あはッ！」と声をあげて地を蹴って飛びあがった。

びゅーんッと吸い込まれるように、空に消えていったという。


Oさんはその話を聞いて「なにそれ？　気のせいじゃないの？」と笑った。

祖父は「多分、天狗《てんぐ》の子どもだと思う」と真剣な表情だったそうだ。

第六十話

平成二十五年の大阪市、Sさんは大型スーパーで買い物をしていた。

ワゴンに並んだ果物の前を通ったとき、床に人間の頭が落ちているのを見つけた。

散髪の練習に使うマネキンだとすぐにわかったそうである。

（なんでこんなところに……」

不思議に思いながらも特に気にせず、頭をまたいで通りすぎた。

すこし進むと、店員が走ってきてキョロキョロとまわりを気にしている。

Sさんは（頭に気づいたな）と見てないふりをして彼のようすをうかがった。

店員はしゃがみこんでなにやらゴソゴソと動いているようだった。

しばらくすると立ちあがって安心した表情でどこかにいく。

マネキンを持っていなかったので、おそらく果物が並んでいるワゴンのしたに隠したとSさんは思った。

なんとなく面白く感じて、また果物のコーナーに移動し、しゃがみこんでワゴンのしたに近づいた。テーブルクロスのようなビニールのシートをめくりあげて奥を覗くと、ちいさな仏壇がぽつんと置かれている。その真横に頭だけのマネキンが四つ並んでいた。
驚いたが平静を装って、すぐにシートをもどし立ちあがった。
すこし離れた位置にいたさっきの店員の目が（見たな）と語っている。
Sさんはすぐにスーパーをでて、二度といかなかったそうだ。

第六十一話

平成二十二年の冬、大阪に住むHさんは月極駐車場に停めた軽バンのドアを開けた。

久しぶりに長い休みがとれたので実家に帰ろうとしていたのだ。

運転席に座りキーをまわすと、猫の悲痛な鳴き声が響いてきた。

「これ確か……サイアクや」

Hさんは慌ててエンジンを止めた。

ほとんどの軽バンはボンネットがないのでエンジンは運転席か後部座席のしたについている。冬場になると暖をとろうして猫がエンジンルームに侵入することがあるのだ。そのまま運転するとエンジンの熱で焼け死ぬか、ベルトにはさまって猫はバラバラになる。

以前、友人の車に同じことがおこりロードサービスを呼んでいた。

車の外にでると、しゃがみこんで地面に顔を近づけ車体のしたを覗いてみた。

猫の姿は確認できないが、間違いなく声はエンジン付近から聞こえる。

「自分じゃどうしようもないな、こりゃ……」

考えてみれば二週間以上、車を使っていない。

立ちあがると大きなため息を吐いて、携帯に登録しているロードサービスの会社へ電話をかけた。

作業員は三十分もしないうちにやってきて、Hさんと同じように車のしたを覗きこむ。そのあいだもずっと鳴き続けていたので作業員も「そうですね、ネコがはいっちゃってますね」と苦笑いを浮かべた。

「時間、かかりそうですか？」

「いえ、このタイプの車はすぐ終わります。足元のパネルを開ければそこにいますよ」

そういって作業員は後部座席の床に貼られたシートをとり、電動ドライバーを持ってきてネジをまわしはじめた。電動ドライバーの音に驚いたのか、猫は再び鳴きだした。作業員は金属板いちまいむこうにいるだろう猫にむかって「すぐだしたるから、動かずにじっとしとけよ」といいながら、すべてのネジを外すとパネルを持ちあげた。

とたんに猫の鳴き声が止み、Hさんと作業員は息を呑んだ。

そこには、干からびたミイラのような猫の死体があったのだ。

第六十二話

平成二十年の六月、芸大に通っていたA子さんから聞いた話である。

その夜、同じ大学に通っている彼氏が住んでいるマンションにいった。

彼は留守だったが合鍵を持っていたので部屋にあがって待つことにした。

施錠を解いてドアを開けた途端、強烈な臭気が鼻孔にはいってくる。

（くっさ……なんのニオイなの）

指で鼻を押さえながら玄関で立ちつくしていると、妙な音が聞こえてきた。

壊れた笛を短く鳴らすような、ニワトリの鳴き声のような音であった。

だが、そんなことよりニオイがきつすぎる。

彼氏は以前にも展示会などにだす作品作りのため、わけのわからない香りがする薬品を使っていた。またなにかを制作していることはすぐにわかったが、鼻がもげそうになる臭さに耐えきれず、A子さんはきびすをかえす。

鍵を閉めて帰ろうとしたとき「やあ、お疲れ」と彼氏とばったり逢った。

「ちょっと。部屋めっちゃ臭いんだけど、なんのニオイよ」

「なんだろ？　なんか臭った？」

なにも心当たりがないようだった。

A子さんは再び鍵を開けて「ほら」とドアを大きく開けた。

くんくんと鼻を鳴らしながら彼氏は玄関にはいっていく。

「なんか臭う？」

「なにいってるの、鼻がおかしいんじゃ……あれ？　さっきは臭かったのに」

不思議なことに先ほどまで漂っていたニオイがすっかりなくなっていた。

彼氏は「気のせいだろ」と靴を脱いでなかにはいり、部屋の戸を開けた。A子さんは「私の鼻がおかしくなったの？」と首をひねりながら彼に続いて部屋にはいっていった。

「なんかニワトリの声みたいなのも聞こえたんだけど、気のせいだったみたいね」

ニワトリと聞いて彼氏はぴたりと動きを止めた。

「……お前、なんで知ってるの？」

「え？　なにが？」

彼はテーブルの上に置かれていたビニール袋を指さした。

なかには三十センチほどのクッキー缶がはいっている。

「なにこれ？　開けていい？」

「いいけど、テーブルに置いて開けて。落とすかもしれないから」

落とすかも？

A子さんはいわれた通り、箱を置いてフタを開けた。

「……うわ、なにコレ？　本物？　作品に使うの？」

「うん。昨日の夜に思いついて、そこの大きな肉屋でもらってきたんだ」

今朝のことなのに、なんで知ってるの？　と彼氏は不思議そうである。

箱のなかには無数のニワトリの首が並んでいたそうだ。

第六十三話

平成二年の九月二日、休日だったIさんの弟はワンルームの部屋で昼寝をしていた。
すると突然「すまんかったあッ！」と大きな声が部屋に響き渡る。
弟は悲鳴をあげて飛びおきた。
「なんだッ、なんだよッ！」
まわりを見るがだれもいない。
ただ、つけっぱなしだったテレビがノイズだらけになっている。
(なんだ、いまの声は？　なんで砂嵐なんだ？)
弟は呆然としていたが、しばらくするとテレビの電源がプッと消えた。

第六十四話

平成二年の九月二日、Ⅰさんの母親はふたりの友人と公園で話しをしていた。
芸能人の話題で盛りあがっていると友人のひとりが突然、
「すまんかったあッ！」
そう叫ぶと、持っていた缶を握り潰してしゃがみこむ。
もうひとりもⅠさんも「ちょっとどうしたの！　大丈夫なの！」と友人の肩を掴む。
友人はすぐに顔をあげて「……あれ？　私どうしたの？」と真っ青な顔をしていた。
救急車を呼ぼうとしたが大丈夫だというので、ふたりで友人を家まで送っていった。

第六十五話

平成二年の九月二日、Iさんは仕事場である店の厨房で料理を作っていた。

そこはスピーカーが設置されており、異常がないかレジでの会話が聞こえてくるシステムになっていた。皆でコース料理の準備を進めていると、

「すまんかったあッ！」

スピーカーから割れんばかりの音量で男の声が響いてきた。

全員、わッと身をすくめて動きを止め、顔を見合わせる。

なにかトラブルがあったのだと、チーフがレジにむかって走っていった。

「大丈夫かな？」「オレたちもいったほうがいいんじゃないか？」

そう先輩たちが話すのを聞いて「違う」とIさんはつぶやいた。

「いまのオレの親父の声です。ずっと行方不明になっていたんですけど」

多分いまどこかで死んだんです、と涙を流した。

第六十六話

Iさんの予想は正解であった。

平成二年の九月四日、実家に警察から連絡があった。ホームレスをしていた老人が二日前に公園で亡くなっているのが発見され、持ち物からIさんの父親であることがわかったのだ。

Iさんも弟も母親のいる実家にもどった。

すみやかに内々だけの葬儀が行われ、家の仏壇に骨壺が置かれる。

二日前の出来事をIさんが話すと、弟も母親も同じようなことがあったと驚いていた。

「好き勝手やって生きたこと、後悔してたのよ」

母親はため息を吐いて線香に手を伸ばし、火をつける。そのまま線香を立てリンを鳴らし、手をあわせた。すると弟が「おい、見ろよ」と線香を指さす。

ちりちりッと火がしたにおりていき、あっという間に線香は灰になった。

「もうどこにもいかないで、ずっとここにいてもいいからね」

母親がそういうと、Iさんと弟は静かに涙を流したそうだ。

第六十七話

昭和四十九年の春、ある山岳道路をRさんが運転していた。

長い休暇がとれたので妻と一緒にのんびりと旅を楽しんでいたそうだ。

夕方になって一軒の旅館を見つけた。車を停め地図を確かめる。山岳道路はまだ続きそうだ。先はずいぶん進まないとなにもないことがわかり「今夜はここに泊まって休んで、明日また出発しようか」と妻に提案した。

部屋も空いており、ふたりはひと息吐いた。

食事をすませて風呂にはいったあと、まだ就寝にははやいので、旅館のまわりを散歩しようということになった。とはいってもそこは観光地でもなく、そこまで見るものはない。ただ都会と違って夜空が美しく、星も月も綺麗だった。Rさんたちは言葉を発することなく空を見上げながらゆっくりと歩いていた。

すると「……なんでしょうか、あれは？」と妻がつぶやく。

先を見ると、車の通らない山岳道路の端でふらふらと歩いている人影が見えた。明らかに普通のようすではなかったので、Rさんは妻の肩に手を伸ばして用心する。

その身長と体型から察するに、女性のようだった。

こんなになにもない山の道路を歩くひとがいること自体、妙な光景である。だんだん近づいてくると、女性がなにかを大切そうに持っているのが見えてきた。赤ん坊だ。

（村でも近くにあるのか。あの歩き方はきっと足が不自由なんだな）

Rさんはそう思うとすこし安心した。

真横を通りすぎるとき、Rさんと妻は女性に会釈をした。

そしてふたり同時に息を呑んだ。

ボサボサになった髪でガリガリに痩せていた。ほお骨が浮きでているせいで輪郭が髑髏《どくろ》そのもので、しかも抱いているのは赤ん坊ではなく大きな糸操り人形であった。

女性は目をギョロつかせているが、まるでRさんたちに気づいていないようすだった。

ふらふら、ふらふらと揺れながら歩き、そのまま通り過ぎていく。

Rさんは（まさかあの旅館に泊まるんじゃないだろうな）とふりかえった。女性は旅館の前も通りすぎ、どこにいくのか山岳道路をまっすぐ進んでいった。

ほっとしていると妻の肩が震えているのがわかった。

「どうした？　だいじょうぶか？」

「……あなた、見ましたか？」

「ああ。多分、可哀想なひとなんだろうな。こんな時間に山をこえるつもりかな」

違います、と妻は続けた。

「あの女性の抱いていたものです。あれ、わたしたちを見ましたよ」

「もの？　あの木でできた人形のことか？」

糸操り人形が微かにかちゃッ、と音をたて首を動かし、妻のほうを見たのだという。

「明日真っ直ぐ進めば、またあのひとに逢うかもしれません」

「……だいじょうぶだよ。すこしもどって違うルートでむかうから」

そういいながら、Rさんは妻に自分の震えを隠していたそうだ。

第六十八話

平成十年の八月、神戸に住むY香さんは友人たちと合流した。

高校の夏休み最終日だったので、大阪にでようということになった。電車のなかで、どこにいくかみんなで考えていると「占いしてもらいに行こか?」という案がでた。友人がいうには、よく当たると評判の易者が梅田にいるのだという。金額も数百円でいいらしいのでY香さんたちはその案にのったそうだ。

友人の案内でむかった先はテナントビルでも店でもないただの街角だ。浮浪者にしか見えない老人が椅子に座っているだけだった。Y香さんはガッカリしたが、よく見ると何十人ものひとが並んでいる。「大人気やな……」「これ並んだらめっちゃ時間かかるで」「ええやん。せっかく来たし時間もあるんやから、並んでみようや」

彼女たちは列の最後に並んで順番を待つことにした。じりじりと陽が照って暑かったので、交代でアイスやジュースを買いにいったりして二時間近くが経過し、やっと自分たちの番になった。

「まいど。暑いのに来てくれて、おおきにな」

「ホンマ、めちゃくちゃ暑かったわ！　ハズレたら怒るで！」

ひとり数百円を払って順番に占ってもらう。

生年月日と手相、妙なカードを使い、占って欲しいことをみんな順々に聞いていった。

進学のことに就職のこと、いい恋人が現れるかどうかを占ってもらう。

どれも普通の答えばかりだが易者の話し方が優しいせいか、いい気分になった。

「それじゃ……最高の恋人がいつ現れるか占ってください！」

具体的な答えが欲しかったY香さんはそういってみた。

「はい、わかりました。いつやろな」

易者は手相を見てなにかを数えカードを混ぜて、めくっていった。

ところが「ん？」とちいさく声をだしてもう一度、手相を見てなにかを数える。

同じようにカードを混ぜてめくると、さっきと同じカードがでた。

そしてY香さんを見つめて「今日です」といい切った。

「いや、正確にはこの二十四時間以内やね。私もこんな結果は初めてみた」

腕時計に目をやると、時間は午後三時前である。

「……ホンマなん？　明日は学校なんやけど」

「じゃあ学校で逢うってことなのかな。好きな男の子とかおるやろ」

「いや、おらんし……私たち女子高やし」

易者も困った顔をしたあと、にかッと苦笑いをした。

「当たるかどうかわからんけど、占いでそう出てるねん。仕方ないわ」

彼女たちは笑いながら帰りの電車に乗っていた。

「絶対インチキやわあ。そんなすぐ、私に彼氏できるはずないし」

「なに言うてんの。もしかしたらこの電車のなかにおるかもしれんねんで」

はっとしてY香さんは思わずまわりを見てしまう。電車のなかは中年男性ばかりであった。「こ、このなかに……ってサイアクや」とつぶやくとみんな大声で笑っていた。

翌日、学校で始業式が行われた。

もちろん、帰りの電車も登校中もだれかに声をかけられることはなかった。

その日は式だけだったので、すぐに下校時間になる。

一緒に帰るため友人たちを門で待っていた。

しばらくすると友人のひとりがやってきて「お疲れん！　どう、彼氏できた？」と聞いてくる。「できるワケないやん。あと……」と時計を見て「四時間以内やし」と笑う。

そのとき「すみません」と後ろから声をかけられた。
ふりかえるとランドセルを背負った男の子が立っていた。
だれに話しかけたのかとY香さんがまわりを見るが、友人と自分しかいない。
男の子は顔を真っ赤にして、すこし震えているように見えた。
友人が「……まさか」とつぶやき、Y香さんもはッとした。
「な、夏休みが終わったら言おうと思って……ボクとつきあってください！」
その後、Y香さんは卒業するまで「ショタコン」と呼ばれることになった。
少年には大人になったらとデートの約束だけをして、優しくお断りしたそうだ。
ただ占いは当たっており、十年後に偶然再会した少年がいま現在の夫である。

第六十九話

平成二十一年の休日にEさんは、夫とまだ二歳である息子の家族三人ででかけた。

「ちょっと遠いんだけど、会社の近くに遊具が多いところがあってさ」

楽しそうだからいってみようよ、とその公園にむかっていたそうだ。

そこはあまり他の子どもがおらず幼い子どもでも遊びやすそうで、Eさんも「ここ穴場ね」と驚いた。息子も喜んでいたらしくキャッキャと笑いながら走りまわっている。

Eさんと夫は息子が遊具で遊ぶのを嬉しそうに手伝った。

「今度はブランコいって遊んでみようか」「ほら、ここにがんばってのぼれるかなあ」

しばらく一緒に遊んで喉の渇きを覚えたEさんは、目についた自動販売機にむかう。

ジュースを持ってもどると、夫が「そろそろ帰ろっか」と息子を抱いていた。

「え？　もう帰るの？　きたばかりじゃん」「うん、もういいかなって。いこう」

（いつもなら私が帰ろうっていうまで遊んでいるのに――）

それだけでなく、夫の態度に妙な違和感があったそうだ。

夜になって息子を寝かしつけているとき、ささやくように夫が話しだした。

「今日の公園って、休日なのに子どもがすくなかったよな」「そうね、あんなに大きいのにどうしてだろ」「オレ、なんか変なの見たんだよね」「変なの？　なに変なのって」

Ｅさんが自動販売機にいって、夫は息子と一緒にすべり台の階段をのぼったそうだ。

息子を支えながら「ほらあ、すごく高いねえ」と夫がしたを見下ろす。すべり台の斜面の先にある砂場に、いつの間にか女児がいた。幼稚園児くらいだろうか、髪は短くワンピースを着ている子だ。斜面で両手を伸ばし広げている。まるで息子が滑りおりるのを待っているようだった。顔を見ると——真っ赤な色で染まり、目も鼻も口もなかった。

夫はすぐに息子を抱きかかえて階段からおりた。

女児はいつの間にか消えていたという。

「あの公園って過去になにかあったのかなあ」

そうつぶやく夫の後ろにある窓から、真っ赤な女児が覗いている。

第七十話

昭和六十年、小学生のKさんが帰宅すると母親が「あんたどうしたの！」と叫んだ。

「顔よ、顔ッ！　どこでぶつけたのよッ！」

いわれて触るが特に痛くもないので、鏡を覗いてみた。眉から両目、鼻のしたまで黒いアザができている。丸いスタンプを顔の中央に押されたようだ。

「よ、汚れてるだけだよ、きっと」

石鹸を使って顔を洗ってみるが、まったく消えなかった。

「……どうしよう、この顔、もうずっとこのままなの？」

泣きそうになって母親を見る。

すると祖母がやってきてKさんの顔をジッと睨んだ。

「お前、お墓で悪戯してきたね。馬鹿な子だ。謝りにいくよ」

そういうとKさんの腕を引っぱり外に連れていった。

彼女のいう通り、ついさっきまで寺の墓地にはいって遊んでいたのだ。

一緒に寺にもどると、祖母はなかにはいりキョロキョロと墓地を見まわしている。

「ん、あれだろ」

祖母は腕を掴んだまま、くねくねと墓のあいだにある小道を歩いていく。

そして立ち止まったところは、Kさんがさっき散らかした花がある墓石だった。

腕を離して「ほら、片付けろ」と祖母は命じた。

Kさんは泣きながら花を拾い、汚れを落として、もとにあったところにもどした。

「よし。次はバアちゃんがいいっていうまで、手をあわせて謝るんだ」

いわれるがまま合掌して「ごめんなさい、ごめんなさい」と謝った。

祖母はKさんの後ろで読経をはじめた。それが終わると「よし、もういい」と手をつないで家に帰った。心配そうに玄関で待っていた母親はKさんの顔を見て驚いた。

アザはすっかり消えてなくなっていたのだ。

第七十一話

平成十四年の北陸、M岡さんはビジネスホテルで眠っていた。

カチッという音が枕もとで聞こえて電気が点灯した。

見ると頭のすぐ真上にあったスイッチがオンになっていた。

眩しいので手を伸ばし消灯にする。

しばらくすると、またカチッと電気がついた。

再び手を伸ばして消灯にしたが、今度はスイッチをオフに押さえたまま眠っていた。すると風呂場から「暗いのこわいよお」と聞こえた。M岡さんはすぐに躰をおこし、

「なんでオレの泊まる宿はこんなのばっかりなんだ！」

フロントに部屋を代えるよう指示したそうだ。

第七十二話

平成十四年、知人に猫が嫌いで嫌いで、仕方がない男がいた。

彼は猫を見つけると虐待じみたことをしていた。

乱暴な人間だったので、まわりのひとたちはなにもいえなかった。

あるとき彼はあっけなく亡くなる。

舌にできた腫瘍を放置していたのが原因だった。

しかも舌ガンで、本来は痛みが酷《ひど》いというが、まわりの人間の話だとそれを訴えるようすはなかったという。

ただ、亡くなる寸前、よく妙なものを血や唾と一緒に吐きだしていた。

三日月のかたちをしたそれは、舌の組織が固くなり分離したカサブタのようなものだったが、猫の爪にそっくりであったそうだ。

第七十三話

平成二十年、彼は赤ん坊が深夜に泣く夢を毎晩みていた。

友人の子どもに絵をもらってからそれがはじまった。

絵には赤ん坊が描かれていた。

気味が悪かったが捨てるわけにもいかず、かえすことにした。

友人に事情を話して絵を渡すと、彼は「だからか！」と大きな声をだす。

「オレも夜、キモい夢をみて眠れなくてさ！」

「キモい夢？　なんだそりゃ？」

彼が指さす部屋の壁には、子どもが描いた不気味なおんなの絵が貼られていた。

第七十四話

昭和六十一年、小学校の教員だったT田さんが授業のため体育館にはいった。生徒たちが「あッ、先生がきたよ！」「先生、あそこにひとがいた！」と騒いで上をさしている。天井には大きなライトが吊るされ、そのさらに上には鉄筋がいくつも並んでいた。

T田さんは「あんなところに人間が登れるわけないだろ」と生徒たちに怒鳴った。「本当にいたんだもん、工事現場にいそうなオジサン」「いたよ、こっちを見てたよね」ため息を吐いて「はいはい、もういいから並んで！」と整列させた。

教員としてT田さんがこころに決めたことは「ウソをつかない」ことである。

あんなところに「人間」は登れないのだ。

第七十五話

平成二十六年、Aさんはパソコンの動画サイトで心霊映像を観ることにハマっていた。

ある夜、いつものように動画を楽しんでいると画面がフリーズする。「え？　なんで？」とマウスを動かすが、まったく反応しない。仕方がなくキーを押して強制終了させた。

真っ暗になった画面に、いま観ていた心霊動画のおんなが浮かぶ。

Aさんの真後ろにいるのが反射して映っていた。

その動画は海外の映像だったそうだ。

第七十六話

平成十二年、Y子さんは娘と一緒に物件を案内してもらっていた。

「ここはいいですよ、広いし家賃も破格ですし」

勧める彼の後ろで娘が座りこみ、押入れに転がっている生首と笑いあっていた。

「ここってだれか亡くなったりしました？」

Y子さんが尋ねると不動産屋は「いいえ、とんでもない」と満面に笑みを浮かべた。

第七十七話

時期は伏す。すこし天然な性格の彼女は質問に答えていた。

「お隣さんですか？　おはようといえば、おはようと笑顔で答えてくれるし、こんにちはといえば、こんにちはと笑顔で答えてくれる主婦。強いていうなら亭主がいなさそうなこと、夜になって赤ん坊が泣いていても放置していることくらいですかね」

訪ねてきた警察官にN子さんはそう答えた。

「あなたはいつからここに住んでいるんですか?」「私ですか？　もう十一年前から住んでいます」「赤ん坊の声っていつから聞こえていました?」「泣き声も十一年……あ」

大量に胎児の遺体が見つかった犯人の家の隣人、証言そのままである。

第七十八話

平成三年、大阪のある病院で改築工事が行われていた。

現場にはいった作業員が事故をおこして大怪我をする。

すぐに後輩が送り込まれたが、他の会社の作業員から妙な話を聞かされた。

「あんたの先輩、あそこの地下にはいったせいで事故にあったんや」

現場建物の地下には病室が並んでいるが、浸水して使える状態ではなかった。

「はあ。聞いてますけど、でも地下のせいじゃなく作業のせいでしょ？」

そう後輩がかえすと「聞いてる言うて、聞かされてないがな」と続けた。

「事故にあったの九人目や。あんたもなんでもいいから理由つけて、入るの断りや」

怖くなってその日は地下にはいらず、仕事が終わってから先輩に逢いにいった。

「あの、手ぇ怪我したって聞いたんですけど、どうやって怪我したんですか」

「……お前この話、絶対に現場で言うなや」

彼が地下にはいったとき、こんなことがあったという。

腹まで水があるので防水のつなぎ服を着ていた。ヘルメットにつけた電灯で地下のようすを見ていると、むこうからペチャペチャという音が聞こえてくる。どこかの水道管が割れて、水が漏れているのかもと思い、先輩が進んでいく。奥の病室から聞こえるようだったが、そこに続く分厚い扉が三十センチだけ開いており動かすことができない。

「なんやこれ、固いな」と隙間に指をかけて動かそうとすると、奥からにゅっと腕がでて手首を掴まれた。そのまま強いちからで、手が奥の病室に引きずりこまれる。

驚いて扉の隙間を覗く。

そこには唇がなく、歯茎が剥きだしになった丸坊主の男がいた。

「うわッ、なんやオマエッ!」

叫んだが男は動じることなく、先輩の手首を顔に近づけ口を大きく広げた。

ごりッ、ぱきッと厭な音がして——。

彼は「これ」と後輩に自分の手を見せた。

人差し指は途中まで、中指は根もとからなくなっている。

「……警察、連絡したほうがええんちゃいますか」

「悲鳴あげたら、すぐにひとが来て助けてくれたけど、部屋にはだれもおらんかった」

「指はどうしたんですか？」

「浮いてたわ、水の上にプカプカって。あとでそこの病院の院長がきて」

会社ではいっている保険とは別に、治療費と慰謝料の話をしたというのだ。

「お前が聞いた通り、ホンマにオレで九人目らしいで」

「……ワケがわからんです。何者なんですか、そのバケモノみたいなヤツ」

「知らんけどオレを掴んだヤツの手、ちから強いわりに二本しか指なかった。多分、自分の指も食ったんやろ。お前も知ってる通り、あそこはずいぶん前から精神病院やからなあ」

むかしなにかあったんやろ、と先輩は苦笑いをした。

件の病院はいま現在でもある。

第七十九話

平成十年、Nさんが A子さんと付きあう前の話である。

A子さんと呑みにいった帰り、タクシーで彼女のマンションに到着した。

ずいぶん古い建物だったそうだ。

Nさんは泥酔して車内で眠ってしまったA子さんをおこした。

「もうちょっとですから、がんばってください」

タクシーから降ろした彼女を引きずるように移動させて、エレベーターに乗せる。

彼女は意識があるのかないのか、わからない声で「しゅみましぇん」と謝っていた。

部屋の前に着くとA子さんは「開けてくだしゃい……」と鍵を渡してきた。

小心のNさんは（実は恋人がいて、殴られたらどうしよう）とドアを開けた。

なかは真っ暗でだれかがいる気配はない。

靴を脱いでA子さんを抱えながら「し、失礼します」と足を踏みいれる。短い廊下を進んで仕切りのドアを開け、電気をつけると部屋はこぎれいなものだった。

タンスの横にベッドがわりのマットレス、数冊の本が並んだ机と椅子があり、女優かタレントか知らないが大きなポスターの前にちいさなテレビがあった。

Nさんは彼女をマットレスに寝かせると息を吐く。

(女子の部屋って……初めてはいったな)

改めてもう一度、部屋を見渡していると、ぐいっと袖をひっぱられ、バランスを崩した
Nさんはマットレスの上に両手をついた。

「しゅみましぇん……いるでしゅ……っていって」

A子さんがうっすら目を開けてつぶやく。

「だいじょうぶ？　ボ、ボクはもう帰るから……」

「そうじゃないんでしゅ。今夜はここに、泊まっていってくだしゃいましゅか？」

「ダ、ダメだよ、おんなの子なんだから。ふたりでいたらマズいよ」

「ふたりじゃなくて……三人でしゅ」

「三人？　ほ、ほかにだれかいるの？　まさか……彼氏が帰ってくるとか」

「この部屋、ゆうれいがいましゅ」

A子さんがそうつぶやいた瞬間、なにかがNさんの後ろを通りすぎていく。

ふりかえって見ると髪の長い女性が玄関にむかっていた。

垂らした腕を床にひきずり進んでいくおんなは——上半身しかなかった。

空中に浮かび音もなく進んでいく。
着ている服が、先ほどまであったポスターの服の色と同じだ。
Nさんが女優のポスターだと思っていたものは、壁に貼りついた半身のおんなだった。
A子さんは「いま帰ったら……家までついてきましゅから」と寝息をたてはじめた。
「だ、だ、だれ……だ、だれですか」
怯える声が聞こえたのか、おんなは微かに躰を震わせた。
頭をあげて、天井をみている。
そのまま、ぐぐッと背中を反らせて、逆さになった顔がみえかけた瞬間。
ばちんッという音がして電気が消えた。
Nさんはちいさな悲鳴をあげて、手探りでA子さんの布団にもぐりこむ。
できるだけ気配を消して乱れる息を抑えたが、おんなはNさんに気づいているはずだ。
そうわかっていても隠れているのがバレないように祈るしかない。
ハアーッ、ハアーッという呼吸音が玄関から部屋のなかにゆっくりと移動してきた。
ぐるぐると部屋をまわるようすから、やはりNさんを探しているように思えた。
布団いちまいで身を隠しても、すぐに見つかるだろう。
がたがた震えているとA子さんが寝息まじりにつぶやいた。

「だいじょうぶでしゅ。ここにいたら……だいじょうぶでしゅから……」


いつの間にかNさんは眠ってしまい、目を覚ますとすっかり朝になっていたそうだ。

焼いたトーストと珈琲のいい香りが漂ってくる。

朝食をつくっていたA子さんは、Nさんがおきていることに気づくと昨夜の失態を謝りはじめる。どうやら記憶はしっかりしているようだった。

「いや、それはいいですけど……ボクが昨日みたのは本当にゆうれいだったんですか？」

「はい。この部屋、借りるときから不動産屋さんに『でるよ』っていわれていました」

やはり夢ではなかったのだ。

「……こわくないんですか？」

「もちろん超こわいですよ。でも家賃、破格の安さなんです。手も打ったんですから」

ほら、と指さすマットレスの四隅には、ちいさな皿に塩の小山が盛られていた。

そういって笑顔になる彼女は、いつも通り可愛らしかった。


それでも正式に付きあいはじめてからは、引っ越しを勧めたそうだ。

第八十話

平成元年にWさんが住んでいたマンションの前には大きな交差点があった。

朝、そこを渡るとき、車に轢《ひ》かれた猫の死体をよく目にした。

猫が多いような界隈でもない。交通量も多いわけではないのに、なぜこの場所で頻繁に死んでいるのだろうかと不思議に思っていた。

あるとき、理由がわかったそうだ。

いまでもWさんは（まだあれは続いているのだろうか）と気になることがあるらしい。


その夜、友人たち数人が部屋に遊びにきて酒を呑んでいた。

さまざまな話題で盛りあがったが酒と煙草がなくなったので、Wさんと友人のふたりでコンビニにいくことにした。

買い物を終えてマンションの前にもどったとき、友人が「あ、犬だ」と指をさす。

見ると一匹の白犬が歩道から交差点にむかって進んでくる。

「ああ、本当だ、犬だ……あれ、なんか変じゃない？」

その姿が歪んでみえたのでＷさんは思わず目を凝らした。

白犬は背中に、大きな黒いものを背負って歩いていた。

まるでリュックサックを背負っているようにも見えたらしい。

Ｗさんたちに気づいていないのか、したをむきながら交差点を渡っていた。

「カバンか？　荷物もってやがるぞ」

「本当だな。でも荷物にしては……あ」

犬は交差点の真ん中までくると動きを止めた。

躰をかたむけて背中に載せていたものを、どさりッとアスファルトへ落とした。

それは黒猫であった。

ちからなくダラリと横たわっているようすから、生きているように見えない。

Ｗさんと友人が「え？」と声をだすと、白犬はふたりのほうに顔をむけた。

「どうしたんだよ、オマエら……」

部屋で待っていた友人たちに囲まれて、Ｗさんたちは息を整えるのに必死だった。

汗だらけのわりには躰の震えが止まらず、落ちつくまでかなりの時間を要した。

「オ、オマエさっきみた犬の顔、覚えてるか」

Wさんが友人に尋ねる。

「犬じゃない、犬なんかじゃない、アレは……」

人間の顔だった——友人はそうつぶやいていたという。

第八十一話

昭和六十三年の夏、若かったN男さんは好きな女性ミュージシャンMに夢中だった。

彼女のライブにいきたかったが、チケットが人気でなかなか手にはいらない。

当時は電話でチケットをとるのが主流だったが、回線が混みあうので難しかった。

ライブ会場の近くまでいけばMの歌声がすこしでも聞こえるかもしれないと思い、東京にむかったそうだ。前日にホテルに泊まって眠っていると妙な夢をみた。

N男さんの前にMが立っており微笑《ほほえ》んでいる。彼は恥ずかしくて顔をあげることができず、したをむいていた。するとMは歩いてきて目の前に顔を近づけ、

「即死する」

次の瞬間トラックが目の前に現れ、大きなクラクションを鳴らした。

N男さんは「わあッ！」と悲鳴をあげ飛びおき「ただの夢じゃない！」と感じた。

夕方になってライブの時間が迫っていたが、彼は帰宅することにした。

家に帰ってガッカリしているとニュースがはじまる。

ライブ会場前で大型トラックが突っこみ、死傷者をだす事故があったということだ。

第八十二話

平成二十五年、K子さんは買い物中にお腹の調子が悪くなった。

滅多に腹痛にならない彼女はなにか悪い物でも食べたかもしれないと思いながら、デパート内にあるトイレに駆けこむ。そのまましばらく個室から動けずにいた。

平日の昼間だったので買い物客はすくなかったが、何人かがトイレに出入りしている足音が個室内からもわかる。まぎれて水滴がぴちょぴちょ落ちる音が聞こえてきた。

(どこかで水漏れしているのかな?)

そんなことを考えていると、赤ん坊の激しい泣き声がトイレ内に響き渡った。お腹を空かせて、オムツを代えて欲しくてなどというレベルではない。明らかになにか尋常ではないことがおこっているような泣き声だった。

K子さんは慌てて個室からでると、売り場にむかって走った。

「あの、赤ん坊が普通じゃない感じで泣いているんです!」

店員は驚いた表情で「どこですか」と聞く。彼女はトイレまで案内した。

しかし、先ほどまであんなに聞こえていた泣き声はすっかり消えてしまっており、K子さんは「さっきまでいたはずなんですけど……」と首をひねった。

「もしかして、あなたが使っていたのはここ？」

そういって店員はいくつも並んでいる個室のひとつを指さした。

「はい、そうですけど……どうしてわかるんですか？」

「去年ここで高校生が赤ちゃんを産んで、声がうるさいから殺し……あ、いえ」

ウソです、と口を滑らせた店員は慌てて否定した。


K子さんはすぐにその場を逃げだした、という話だ。

第八十三話

平成二十六年の冬、引っ越したばかりの部屋は空気が悪かった。
いつもどんよりとしており、陽がはいっているのになんだか暗い感じがする。
もしかしてなにかあった部屋じゃないの？
そう思ってなんとなくパソコンで住所と部屋番号を打ちこんだら数件ヒットした。
事故物件を紹介するサイトである。
ページを開くと〈バスタブで自殺した腐乱死体〉と記されてある。
びっくりすると同時に、音を立て風呂場のドアがひとりでに開いていった。

第八十四話

平成九年、Oさんはワーキングホリデー制度を使って海外にいた。

そのとき仲良くなった近所に住む家族は、全員ゴーストの話が大好きだった。

もともと拙い英語しか話せないOさんはヒアリングも得意ではなく、ほとんどのひとが聞きとりやすいようにゆっくりと話してくれる。その家族もOさんのため、そのような話しかたをしてくれた。

その口調で怖い話をすると妙に恐怖が増し、より怖く感じて楽しかった。

あるときその家族のひとりである老人が、椅子に腰かけたままOさんに尋ねた。

「キミはゴーストを信じているのか？」

彼は「はい、ゴーストは存在すると思います」と答えた。

「そうか……私は信じていない」

散々いままでひとに聞かせておき、それはないだろうとOさんは思った。

「どうして信じていないんですか？」

「怖いからだ」

「怖いから？　そういう問題なんですか？」

老人は「そうだ。信じなければ怖くないだろう？」とOさんの後ろを指さす。

だれも座っていないロッキンチェアが、ぎしぎしッと揺れていた。

「ときどきだが座っている男も視える。だが私は怖くない。信じていないからな」

そういって老人は笑っていたそうだ。

第八十五話

平成十九年、大阪の風俗店で働くYさんから聞いた話だ。

彼女は仕事をはじめてすぐのころ、先輩から「この商売は人間にも生霊にも狙われることがあるから、それだけは覚悟して」といわれた。人間はともかく「生霊」は意味がわからない。尋ねると「常連客の奥さんとか」と先輩は答えた。妙に納得したそうだ。

ある夜、マンションの部屋に帰って眠っているとインターホンが鳴る。「だれ？」とドアの前で声をかけると「……Yさん、開けてください」とおんなの声がした。まわりの人間にはだれにもここに住んでいることを話したことがなかったので不審に思った。

何度もインターホンを鳴らされると近所迷惑になる。そっとドアのチェーンをかけると鍵を解いてノブをまわした。がんッ！　とドアが引っぱられチェーンが伸びる。

隙間から覗くおんなの瞳は、白目の部分が赤く染まっていた。

驚きながらも（これは人間？　生霊？）とどこか冷静でもあった。わずかに開いたその隙間から、ぐにゃあッと躰を歪《ゆが》ませ侵入してくるのを見て、生霊であることを確信した。

第八十六話

平成十七年の朝、激痛で彼女は目を覚ました。

口のなかが痛くて痛くて仕方がなく、ベッドから飛びでると洗面所に走った。

すぐに水でゆすいで吐くと、大量の血液が一緒に排水口へ流れていった。

(なにこの痛み!)

舌で口のなかを探ってみると真上の歯茎の天井、硬口蓋にいくつか穴ができている。

寝ているあいだになにがあったのかわからないが、とりあえず病院にいこうと思った。

仕事を休むためベッドサイドの携帯をとりにいくと、枕も血まみれになっていた。

そこにポツポツとちいさなものが落ちている。

顔を近づけてみると、いくつもの歯が落ちていた。

「医者に診てもらうと親知らずが抜けたようですが……」

こんなところからひと晩のうちに何本も生えてきて、すぐ抜けるなんてあり得ない――。

そういわれ首をかしげられた。

両親に相談すると、母親が妙なことをいった。

「それがはじまらないよう、お墓にたくさん謝ったのに……」

いまもときどき、同じことがおこって彼女は困っている。

先日、四十三本目が抜けたそうだ。

第八十七話

昭和六十年、九州の村でKさんの友人が「寝ずの番」を村人から頼まれた。

寝ずの番とは葬儀の前夜に遺体の横につき、線香を絶やさないようにする儀式である。

高額の報酬をくれると、友人は嬉しそうであった。だがその家で「亡くなった者の寝ずの番をすると様々な怪異がおこり気が狂う」と聞いたことがあったKさんは忠告した。

「どんなヤツもひと晩もたないらしいぞ、断ったほうがいい」

しかし友人は「心配するな、オレは大丈夫だよ」と聞く耳を持たなかった。

その夜、Kさんは彼のことが心配で眠れなかった。

朝になったのでその家にむかって、家族の者と友人のようすを見にいった。

彼は全裸になって瞬《まばた》きもせず、げらげら笑いながら死体の目玉をえぐっていたそうだ。

第八十八話

平成二年、東北の旅館にある家族が泊まっていた。

古風な造りの立派な旅館で料金も高いだけにサービスも良い。部屋の縁側からは立派な日本庭園を眺めることができるので「ここを選んで正解だった」と夫婦は満足していた。

その夜、雪が降った。さらさらとした粉雪はあっという間に積もっていき、ついには庭園を見事な雪景色に変えた。幼い娘も「わあ、キレイだねえ」とガラスに貼りつき興奮しているようだった。そこに旅館の女将がやってきた。彼女は「今日は寒くなりますので温かくしてくださいませ」と頭をさげた。母親は「見事な景色ですね」と外を指さした。

「ありがとうございます。庭園には決して足を踏みいれないよう、お願いいたします」

そう部屋からでていった。父親は「雪で挨拶にくるとは、いい気配りだ」と褒めた。

「でも庭園にでるなとはどういう意味ですかね。このガラス開かないじゃないですか」

いわれてみればそうだったが「どこかにでる入口があるんだろ」と気にしなかった。

すると娘が「あれ？　あそこだけ雪が積もってないよ。なんで？」と聞いてきた。

父親と母親がガラスの前に立ち、娘が教える方向を見た。

ちょうど庭園の中央になる部分だろうか、確かにそこだけ雪が積もっていない。ぽっかりと穴があいているようにも見えた。父親は「本当だ」と不思議に思う。母親は「そういう風に見えるだけじゃないんですか」と何度も角度を変えて見ようとしていた。

「ひとの骨が埋まっているからじゃ」

両親はぎょっとして声の聞こえたほうに目をやる。

顔に蜘蛛の巣のような大量の血管を浮かせて、娘が厭な笑顔を浮かべていた。

娘は二度ともとの顔にはもどらなかった。

第八十九話

平成二十八年の夏、とあるアプリゲームが異常なほど流行っていた。深夜や早朝に関わらず、多くのひとたちが外を歩きまわっている。そんな最中こんな話を聞くことができた。

派遣業で生活をしているCさんの仕事は深夜に終わることが多い。その夜も、ずいぶん遅くなってからの帰路だったそうだ。道を歩いていると大勢のひとたちが立ち止まりスマホを見ていたが（ああ、あのゲームか……）と特に気にしていなかった。

しばらくすると一カ所に固まって動かないひとが多い場所にでた。通行の妨げになっているが、むこうは画面しか見ていないのでどいてくれるはずもない。ため息を吐きながら躰を反らしプレイヤーを避け歩いていると、しゅッ！　と前にいた男性がいなくなった。まるで地面の穴に落ちたかのように、ひとりの人間が消えたのだ。

怖くなったCさんは（この道、危ない！）と引きかえして違う道から帰った。

現在この話の類話が三件きているが、もっと増えると予想している。

第九十話

平成二十四年の大阪、私は居酒屋で変な男性に逢った。

老眼鏡を頭にかけた作業着姿だったが、見た感じは六十代半ばくらいだ。

彼は酒をすすりながら私に「あんた、家にネコおるんちゃうか」と尋ねてきた。

「はあ、飼っていますけど……もしかして、猫のニオイとかしますか？」

違う違う、そうやないねんと歯のない口から唾を飛ばしながら話をはじめた。


ワシのオカン、ネコ好きやってん。

もうホンマにホンマに大好きでな、ネコを可愛がるために生まれてきた感じや。四六時中ずっとネコのこと考えとった。そこらにおるノラやで。どんだけ好きやねんってほど餌やっとったし、クチ開いてもネコの話ばっかりやねん。本人も言うとったわ。

「ネコおらんようになったら、わて（私）は死んでまうわ」

でも家にだけはネコ入れまへんねん。ネコを可愛がるのは外だけや。ワシはそれが不思議で仕方なかった。そりゃそうやろ。ずっとネコの話をしてるオバハンが、なんで家で飼わへんねんやろか思っとった。

小学生のとき学校から帰ってきたら母親が「あっち去ね！」って、大声で叫んで、バタバタ音を立てとんねん。

見にいったら、居間でいつも可愛がってるネコの一匹をホウキで追い払っとった。剣幕が尋常やなかったから「オカン、可哀想や、止めたりいな」って声をかけた。そりゃそうでっしゃろ。ネコかていつも優ししてくれるオバハンやから家のなかに入ってみたんやろうし。そしたらオカン、

「あんた、わかってないな！　アイツらとは距離を置かなあきませんねや」

そんな意味のわからんことを言うんや。

「距離って……だれよりもオカンが近くにおるがな」

「はあ……あんたアホやな。ネコはそういう生き物やがな」

そのまま首ひねって台所にいきおった。

ようわからんやろ。大丈夫や、ワシもそのときはわからなんだ。

それからどれくらい経ったやろか、いまから三十年くらい前かなあ。ワシいろいろな会

社とか商売とかに一丁噛んでましてな、けっこう儲けてましたんや。

そや言うても当時はバブルでみんな景気よかったから、そない偉いモンではおまへん。けど今と比べたら、そりゃぜんぜん違いますがな。

なんせ月五十万百万稼ぐのが当たり前の時代やったからな。ワシもようさん稼いで夜なったら豪遊してアホみたいな使い方してました。

言うてもワシ、当時は下戸でしてな、一滴も呑んでませんでしたわ。

嫁さんの他にオンナもようさんおった。いわゆる愛人でっさ。

家とは別に部屋借りてオンナはべらせて——まあ、いま考えたらええ身分でしたわ。

そのオンナがネコ買ってきましてん。

渡した小遣いで、なんやったっけ？　毛むくじゃらの、なんていう名前や、ええ値段するやつ。もう忘れたわ、アメリカのネコかなんかや。

「可愛いやろ。めっちゃひとなつっこいねんで、コイツ」

そう言うて頭ヨシヨシなでとった。

ネコはええよなあ——ネコに生まれただけで可愛がってもらえるんやから。

じっとワシの顔を見据えてるネコの目を眺めながら、オカンもネコ大好きやったなあ、自分にもそういう血が流れとるんやなあって、子どものころのこと思い出しとった。

それからまた数年が経ったとき、いきなり景気が悪くなってな。

いままで儲かってた会社も商売もぜんぜんアカンようになってもうた。全部やで全部。バブル崩壊や。毎月渡してた金も渡せんようになって、今までみたいな贅沢もできんようになってもうた。

やっぱオンナは冷たいな、すぐにでていきおったわ。

しゃあないからワシ、借りてた部屋の解約手続きして家具やらなんやら片づけしてたら、インターホンが鳴ってな。だれや思ったらオンナやった。怪訝そうに「なんか用か？」って聞いたら、最後に金よこせとか抜かしおる。「は？　オマエ、ワシが金ないからでていったんやろが？」「せやけどウチかてアンタのネコ面倒みなアカンし……」「ネコぉ？」

わけわからんこというてタカってくるさかい、むちゃくちゃ腹立ってな。

「動物一匹飼われへんような生活するんやったら持ってこいッ、ワシが飼うわ！」

そんなことを勢いで言うてもうた。

よう考えたらネコを飼いだしたんワシやないし、筋違いやと気づいたんやけど、ええカッコしてタンカ切ってもうたから、ひっこみもつかん。トホホな話やで。

後日、ネコかえしてもらったんや。なんかペットケース？　言うんか？　プラスチックのカゴみたいなやつにはいって。

見た目は可愛いかったけどそこまで興味もなかったしオンナにも二度と逢えへんから、こんなネコ、箕面の山にでも捨てたろと思って助手席に乗せてたんや。車のなかでも鳴き声がやかましいからカゴの隙間から指いれたらぺろぺろ舐めてきてな。なんか無性に、なんというか、愛おしく思えてきてん。

(山捨てたら、猿とか猪に襲われて死んでまうやろな——)

そう思たらよう捨てなんだ。

気ぃついたら嫁に渡して「ツレからもらった。飼ってくれ」言うて頼んでた。嫁も娘も動物あんま好きやない。しかも子猫やったらともかく、もう大きいから厭な顔してたわ。

それから数カ月経ったら、もう最初とぜんぜん違う。ウチの家長はワシやない、あのネコや。もうメシのときも朝おきるのも夜寝る時間もアイツを中心にまわっとった。

ある日、母親が田舎からワシの家に遊びにきて、玄関にはいるなりネコをみつけて、

「あんた、ネコ飼っとるんか」

そう言うて、めちゃ怖い顔をしよる。

ああそういえばこのひと、ネコは好きやけど飼うのは反対っていう変わった考えかた

やったなって――そんときワシも思いだしてな。

「ちょっと色々あってな、ウチで飼うことになったんや」

「……あんた、ちょっとおいで」

そう言うて外にでると、ワシを近所の公園につれていってベンチに座った。

「なんやねん、急に。ネコおる家には入りとうないってか？」

「そや。ネコがおる家に入りたくないんや」

「オカン、むかしからそうやな。ネコ好きなくせに……なんでなん？」

「あんた、あのネコ飼うとき、最初は厭やったんちゃうか？」

「……まあ、せやな、厭やったかなあ」

「嫁は？　娘もそうやったんちゃうか？」

「ああ。でも情が移ってもうたんかなあ。いまはネコ大好きやで」

「ええか、よう聞け。アレは動物やない。バケモノや」

めちゃくちゃ真剣な顔で言うもんやから笑ろてもうたけど、オカンは続けた。

「わてもそんなアホな、思ってた時期があった。

でもホンマなんや。アイツらは人間のこころを操りよるんや。

ほら、金のない家とかあるやろ。それでもアレを飼いおる。なんでかわかるか？

おマンマ喰うに困ってるねんで。普通に考えたら、可愛いからちゅう理由で金のかかることするか？

アイツらは自分らが可愛いこと知っとるんや。それで人間を利用しとる。

最初と考えが変わった？　情が移った？

違うで、それは。あんたらあのバケモノに頭んなかを触られとるんや。

ええか、家畜いうのは人間と一緒やないと生きていかれへん動物たちのことやろ。あっちの家で餌もろて、こっちの家でも餌もらう家畜が他におるか？

わての友だちにもアレが好きなひとがおったわ。

最初は一匹やった、二匹三匹って増えていって、気がついたら八匹をこえとった。

貧しい家に家族より多い数や。それが普通か？

他の家族がメシに困って病気になっても、アイツらのことを大事にするのは、そうするように操られとるんや。アレは社会にとけこんだバケモノじゃ。

寝る間も惜しんでアレのことを触りたくて触りたくて仕方がなくなる。

その友だちどうなったと思う？

一家離散したあげく、躱こわして、ひとりで死んどった。死体はボロボロや。アイツらに齧《かじ》られて酷いもんやった。文字通り喰い尽したんじゃ。

そのあと、平然とバラバラになって他の家に潜りこみにいきおった。

可愛いペットなんかやない。アイツらはひとのこころが読める。自分の都合のいいように人間を動かしとるだけや。世間や人間が弱ってるときにそれが顕著に表れる。

ホンマは賢いなんてもんやないで。しゃべることもできるし、都合が悪くなったら平気で裏切りおる。バケモノは主人や家族を守ったりせえへん。いざとなったら食い散らかしよるわ。もし殺されたら簡単に化けてでる。

最初は考えを操ってくる。次は金を使わせていい環境をつくる。

そのあとは吸えるだけ吸いおる。なにをか？

全部や。おまえの全部を吸い尽すまでずっとずっと居座る気なんや――」

ワシはしばらく黙ってたけど、ふと疑問に思った。

「そしたらオカンは、なんで外ではあんな可愛がっとったんや」

「可愛がってた？　どういう意味や？」

「よう外で餌とかやってたやんけ。ネコの話もようさんしてたし。アレはなんでやねん」

「……わて、アレに餌なんかやったことないで」

「はあ？　ウソつくなや、むかしメッチャ好きやったがな」

オカン、ため息を吐いてワシの顔をじっと見よった。

「それが、さっき言うた『頭んなか触られとる』いう意味や」

そこまで話すとオカンは帰っていきおった。

ワシはしばらくベンチに座って思いだしてたわ。ネコのことをな。

あのオンナはネコの面倒みなアカンから言うて金を請求しにきおった。

ワシは捨てにいこうとして家に連れていってもうた。

家族は厭な顔してたのに、いまはネコなしの生活は考えられん。

でもオカンはむかしあんなにネコを可愛がってた——はずや。記憶違いか？　ホンマに操られとるんか？　ワシがか？　当時のオカンが操られとったんか？

いまとなっては、わからんことばっかりや。

そのあとワシなんか酒がエラい好きになってもうて。ずっと呑んでますねん、酒。

そのせいで家族からも見捨てられてもうてなあ。もうずっとひとりですわ。金も嫁に全部とられたからスッカラカン。いまはもうただのアル中ですわ。

あれ？　ワシいつごろから酒を呑むようになったんやろ？


男性は「まあ、いいか」とつぶやいてトイレにむかった。

わけのわからない話だった。酔っ払いの戯言としか思えない。
馬鹿馬鹿しい。
私はあの男がトイレからもどる前に居酒屋をでることにした。
愛猫の顔がチラつくので（はやく帰らなければいけない）とだけ考えていた。

第九十一話

平成十四年の春、ピザの宅配を終えたEさんがもどってきた。

バイクを駐車場にいれると店長と他の店員たちが外にでて、呆然としている。

「ただいま。あれ、みんなどうしたの？」

「い、いまNのヤツがもどってきて、また宅配にいったんだ」

Nさんとは Eさんと同じ宅配員のことである。

「仕事なんだから普通じゃん。なにいってんの店長、だいじょうぶ？」

「そ、それが……ぜ、全然だいじょうぶじゃないんだ」

店長は彼のほうを見もせず、駐車場の地面を指さす。そこいら一面が血だらけだ。Eさんは「んだよこれッ、血かよッ！」と大声をだす。それに反応して店員が我にかえった。

「店長！　警察……じゃない、救急車！」「ど、どっちに連絡したらいいんだ？」

——Eさんが帰ってくる数分前、血まみれのNさんが店内にもどってきた。

店長たちが絶句しているのも気にせず「ただいまあ」と普通に挨拶をして伝票をとり「それじゃあ、いってきまあす」とピザを持ってでていく。Nさんの足は両方とも——足首から先がなかった、というのだ。

「事故っておかしくなってたんだろ！　アイツどこに宅配いったんだ！」

店長は受付記録を調べて住所をEさんに教えた。すぐにバイクをだしてNさんを探すがなかなか見つからない。そのうち注文があったお客の家に到着してしまった。

「すみませんッ、うちの宅配員がきませんでしたか！」

お客はEさんの剣幕に押されながら、まだ現れていないことを伝えた。

またバイクに乗って近辺をくまなく探したが、結局見つけることはできなかった。店にもどると「警察から連絡があった！　いくぞッ！」と店長がバイクをだすところだった。


Nさんはすでに亡くなっていた。

スピードをだしすぎてカーブを曲がりきれずに横転、反対車線に投げだされたところをトラックに轢かれ、引きずられていたそうだ。

問題がいくつもあり、警察官も店長も首をひねっていた。

まずNさんは間違いなく即死であった。トラックに轢かれたまま遺体もそこにあった。ならば店に現れて血痕を大量に残したNさんは、いったいなんだったのだろうか。そして彼の乗っていたバイクも大破しており動く状態ではなかった。にも関わらず店の全員が彼はバイクでもどり、またバイクで去るのを見ている。
また、彼は血まみれで宅配にむかう際に伝票と商品を持っていっている。
それらはいったいどこに消えたのか。
「……血まみれのアイツを見た他の店員はみんな、すぐ店を辞めてしまいましたね」
ショックだったんでしょうね、とEさんはため息を吐いた。
営業できなくなった店はそのあとすぐに閉店してしまったそうだ。

第九十二話

平成四年の梅雨、Sさんが小学生のとき彼の母親は亡くなった。

突然でなんの前触れもない死であった。もともと心臓が悪かったのか、後に死因は心不全と告げられる。

彼女はいつものように朝食を作って父親とSさん、中学生の姉を学校に送りだした。指に土がついていたことから寸前まで土いじりをしていたことがわかった。縁側に座ってサッシにもたれかかり、大好きだった紫陽花《あじさい》を眺めながら、静かに息を引きとった。最初に発見したのは帰宅した姉であった。当初、彼女は自分の母親の異変に気づかず、横に座って一方的に話しかけていたそうだ。胸が痛む話である。

死に顔は安らかさに満ちていたが、実際はどうだったのかだれにもわからなかった。

それから二十年の月日が経った平成二十四年。

地方で暮らしていたSさんは、姉に呼びだされ実家に帰ってきた。

彼女は結婚してもそのまま家に住み続け、夫とのあいだにできた幼いふたりの子ども、最近になって痴呆を発症してしまった父親との五人で暮らしていた。

「どうしたの？　急に呼びだして。なにかあった？」「話があって。みんながそろったときにしましょう。晩御飯のあととか」「わかった。じゃあ、それまでゆっくりするね」

Sさんは仏壇の前にいくと正座して（母さん、ただいま）と手をあわせた。

母親が亡くなってからというもの、Sさんたち一家は大変だった。父親は仕事にこそいっていたが帰ってきてもふさぎがちになってしまう。食事や洗濯などの家事からお金の管理、親せきの付きあいまですべて母親に任せていたので、自分たちではなにもできなかった。世話をする者がいなくなった紫陽花もいつの間にか枯れてしまっていた。

父親が立ちなおり生活がもどったのは、姉が悲しみをこらえ気丈にふるまうようになってからだ。元来、母親と性格がそっくりだった姉は無口でマイペースなタイプだった。それが突然、活発に動くようになり家事をこなし父親とSさんの尻を叩くようになった。

家族でいちばん母親と仲が良かった自分がしっかりしなければ——。

おそらく姉はそう考えたのだろうと、Sさんは手をあわせながらそう思った。

仏壇の前で正座をしている後ろを姉が通った。

「なにしてるの？」「久々に帰ってきたから母さんに挨拶してたんだよ」

姉は興味なさそうに「ふうん」というと、戸を開けて洗濯物をとりこみはじめた。

そこでSさんは姉の態度がおかしいと感じた。むかしは時間があれば家族のだれより仏壇に手をあわせていたのは彼女だった。だが、いまのはまるで「そんなもの信じているんだ」といわんばかりである。

姉はSさんには興味がなさそうに、黙々ととりこんだ洗濯物をたたんでいた。

廊下を走ってきた長女が部屋にはいってくるなり、

「おにいちゃん、あそぼーよー」

ぶつかるように勢いよくSさんに抱きついてくる。

続いて弟も部屋に飛び込んできて「ボクもボクも！」としがみついてきた。

Sさんは弟のNくんと逢うのは初めてだ。長女のMちゃんはまだ赤ん坊のころに何度か逢いにきたが本人は覚えていないだろう。ふたりとも人懐っこい性格のようだった。

「ようし、なにして遊ぼうか！」

子どもが好きだったSさんは夜になるまで、ふたりと遊んであげた。

ドアが開く音が聞こえて「帰ってきた！」と子どもたち、MちゃんとNくんが玄関に走る。カツオ出汁のにおいと胡椒《こしょう》をふった豚肉が焼ける香りが漂っていたので、胃袋を刺激されたSさんも（はやく帰ってこないかな）と姉の夫の帰りを待ちわびていたのだ。

「ただいま。久しぶりだねSくん。元気だったかい?」

スーツ姿の姉の夫の両足に、子どもたちがコアラのようにしがみついていた。

「お久しぶりです。ええ、おかげさまで」

ネクタイをゆるめながら「お父さん、いま帰りました」と父親にも声をかける。

父親がにっこりと笑うと微笑みをかえし、夫は着替えにいった。

皆が席に着いたのを確認すると、姉は手料理をテーブルに並べていく。大きい皿に中くらいの皿、発色のいい野菜がふんだんに使われた料理はあざやかで食欲をそそる。毎日この料理を食べているのかと思うと、Sさんは子どもたちがうらやましかった。

「それじゃあ、いただきましょう。手をあわせてください」

姉がそういうと長女長男がパチリと音を立て、てのひらをあわせる。

「いただきます」「いただきまーすッ!」

全員の合唱が終わると、我先にといわんばかりにMちゃんとNくんが肉類に箸《はし》を伸ばしそのまま口に運んでいく。夫も自分のぶんを確保するために、素早い動きで食事をとってほおばった。程よい長さでカットされた豚肉とパプリカ、ピーマンの山がみるみる切り崩される。ぽかんとするSさんと状況の把握ができていない父親の取り皿には姉がよそってくれた。Sさんは「あの……毎日、こんな感じなんですか?」と尋ねた。

「ウチの食事？　まあそうだね、この子たち大人より食べるからすごいよ」

ほおばりながらも箸を止めずに夫が答える。

「ほら、アンタも食べないと本当になくなっちゃうよ」

姉の真剣な表情に危機感を覚え、Sさんも取り皿のおかずを口に放り込んでいった。

食事が終わると、姉は皿を片づけ冷蔵庫で冷やしていたパイナップルを持ってくる。

ガラスのボウル皿にはいった黄色い果実は、見るからにみずみずしい。細かく切られているのは、甘いものをたくさん食べたい子どもたちへの対策のようだった。

パイナップルをかじりながら「それで話なんだけど」と姉が切りだす。Sさんは勝手に、父親を老人ホームにいれる相談でもするのかと思っていたので驚いた。

「親父と子どもたちの前でいいの？　てっきりこの子たちが寝てからだと……」

「いいのよ。この子たちがいないと逆に話がはじまらないんだから」

姉はふうと深呼吸をして「いい？　驚かないでね」とSさんにいう。

そして自分の横にいたMちゃんを膝の上にのせた。彼女はなにも気にせずパイナップルを口のなかにいれると、すぐにまたボウルにフォークを伸ばした。

「ねえ、Mちゃん。ママまたMちゃんのお話が聞きたいなあ。聞かせてくれる？」

「んー、いいよー」

「Mちゃんは、死ぬとき、どんな風に死んだの？」

とんでもない質問にSさんは「おい、なにを聞いて……」と止めようとした。

Mちゃんは片手でフォークを持ち直すと、もうひとつの手で縁側を指さした。

「おにわで、かんがえてたのー。あそこにすわって、Mちゃん死んだんだよー」

え？　とSさんは息を呑む。

「ふん、ふん。それで、どうなったの？」

「そこでねー、ずっと数をかぞえてたー。ひとつ、ふたつ、みっつってー」

「数？　数ってなんの数をかぞえてたの？」

「あのねー、しあわせの数だよー、これからさきのしあわせー」

姉は「そっかあ」といいながらSさんの顔を真剣な目でまっすぐに見る。

ママとおにいちゃんがー、いくつしあわせになるか、数えてたの。

ひとつ、いっぱいごはんを食べて、べんきょうして。

ふたつ、りっぱな、おとなになって。

みっつ、いろいろなひとたちのこと、好きになって。

よっつ、かぞくにかこまれて、おうちで、ねて。

いつつ、つらいこともあるけど、どうか負けないで。

むっつ、ぜったいに幸せになるから、自分を信じてください。


堪えきれず溢れでた大粒の涙がSさんの頬に流れていく。

父親も理解しているようで、泣いていた。Mちゃんは自分がなにをいっているのか、わかっていないようすで「もういっこ食べる」とパイナップルをフォークで突き刺した。

「なんだよ、これ……どういうことだよ」

姉はMちゃんを膝からおろすと涙を拭いてNくんを呼んだ。

「もうひとつ聞いて。今度はこの子の話すことを」

彼も同じように膝に座らせると、姉は口を開く。

「Nくん。ママねえ、Nくんのお話も聞きたいなあ」

「うん、いいよ」

「Nくんが、死ぬ前に好きだったひとはだれかなあ？」

「Mちゃん。ボク、Mちゃんがだいすきだった」

「そっかあ、Mちゃんが大好きだったんだあ。Nくんはどうして死んだの？」

「ひとりぼっちで死んじゃったの。Mちゃんとずっといっしょにいたかったのに」

「可哀そうに。でも、もうずっとMちゃんと一緒にいれるね。一緒にいたい？」

「うん。ボク、ずっとMちゃんといっしょにいる」

「そうだね。ずっと一緒だね。ところでNくんは、死ぬ前になにしてたの？」

「なんかね、Mちゃんがね、さいごにたのんだの」

「頼んだのよね。なにをNくんに頼んだの？」

「ボクに、かくしておくから、まもってねって」

「Nくん、偉かったね。じゃあ最後に、Nくんの死んじゃったとこ、教えてくれる？」

姉がそういうとNくんは立ちあがり、トコトコと歩きだした。

Sさんも姉も、夫もMちゃんも彼の背中に着いていく。

Nくんは縁側に立つとサッシの戸を開けて、庭に飛びおりた。

「ここ。ボク、ここで死んだんだよ」

彼の指さす場所を見てSさんは身震いした。

Nくんが指さしたところは——かつて紫陽花が咲いていた花壇であった。

「数日前、あの子たちの話していることを聞いてわかったの」

姉は子どもたちの話を聞いて、まずどうして知っているのか不思議がった。

考えてもわからないので、疑うことをやめて信じることにしたそうだ。

(そういえば)と遺体の指が汚れていたことを思いだして、花壇を掘りかえした。

「私も本当にびっくりしたんだけど、これがでてきた」

四角い缶の箱だった。

姉とSさんの預金通帳と印鑑、幼いふたりが母にあげたちいさな折鶴がはいっていた。

「母さん、どうして隠したんだろ」

「わからないわ。でもやっぱり、自分がもう死ぬことを知っていたみたい」

缶を大好きな紫陽花に隠し、最後まで子どもたちのことを考えながら——。


彼らのその後を記しておく。

子どもたちは何度も奇妙なことを語ったがついに最近、そのことを話さなくなった。

相変わらず信じられないほど食欲旺盛らしく、いまは元気に小学校に通い大勢の友だちと一緒に遊んでいる。

夫は子どもたちのせいか、ずいぶん太ってしまい現在ダイエットに励んでいる。

姉はたくさんの料理をつくりながら、毎日MちゃんとNくんの頭を撫でている。

父親は変わらず痴呆症だが外を徘徊などすることなく、のんびりと暮らしている。

Sさんは去年、大切にしていた彼女と結婚して妻は現在妊娠中だ。

梅雨になると必ず夫婦で実家にもどり、家族で過ごすようにしている。

扉が閉じられたままの仏壇と、新しく植えた紫陽花が彼らを迎えるそうだ。

第九十三話

平成三年の関西、溶接業のAさんはビル建設現場にむかっていた。

昨日、終わらせることができなかった仕事を片づけるため、はやめの出勤であった。

到着したのは午前六時だった。普通、現場仕事は午前八時からなのでまだ時間がある。

一階でのんびりと準備していると妙な声が聞こえてきた。

読経のような——なんとも形容しにくいものであったそうだ。

いったいなにをしているのだと、声の聞こえる地下にいってみた。

したにおりてAさんは驚いた。

神主のような恰好をした連中が大勢並んで、なにか儀式のようなことを行っている。

建物の完成を祈るためにやっているとして、なぜこんなはやい時間なのか。

ちいさなライトしかつけておらず、地下はほとんど真っ暗だった。

並んでいる神主たちの後ろには知っている顔の現場監督たちが数人いた。

そのなかのひとりがAさんを見つけると、慌てて駆けよってきて、小声で「こんなはやい時間になにやってるんですか」とAさんに詰めよった。

「いや、昨日の仕事を終わらせようと……お前らこそ、なにしてんねん」

Aさんが尋ねたとき、

「ぎゃああッ！」

いちばん前にいた神主が大きな悲鳴をあげて真後ろに倒れた。すぐにみんな駆けより彼を担ぎだす。そのままAさんの横を通り、階段をあがって神主を連れていった。

「やっぱアカンよ」「ここは無理やって」「最初から無茶やねん」「絶対に暴れはるわ」

残った神主たちが口々につぶやいた。

「もう、景観とか気にせず、ここに祠《ほこら》を作ったほうがいいですよ」

景観？　祠？

よくわからない会話を聞いていると、現場監督が数人Aさんの前にやってきた。

そしていま見たことを絶対にだれにもいわないように、約束させられたという。

二年後、そのビルは完成した。

地下には祠があり、あわせるようにその階の造りだけ和風になっている。

第九十四話

　平成二十七年、ある怪談イベントを楽しんだあと、私は男に話しかけられた。

「あのカラオケの話って○○のカラオケボックスのことですよね？　どこなんですか？」

　以前、本に載せた話の具体的な場所を聞きだそうとしてきた。

　野暮な質問をするひとだなと思ったが、彼の予想している場所はまったく違うところだったので「いえ、違いますよ。関東の話ではありませんし」と正直に答えた。

「ええ、絶対ウソだあ。○○なんでしょ？　教えてくださいよ、もぉ～」

　しつこいので、だんだんと厭な気分になってきた。するとその男は、

「だって、ぼくもその廃カラオケで怖い体験したんですよお。ほら見てください、これ」

　そういってシャツをめくりあげ、私に自らの腹部を見せつけた。

　ちいさな赤子の手形が無数についている。驚いている私に男は気分を良くしたのか、

「ほら、ここも、ここも！　ね！　ここ、あと、ここも！」

　シャツをめくりあげたまま、横腹から背中を見せてきた。

　顔を近づけて目を凝らしたが、間違いなく手形である。ちいさくだが、爪のようなひっ

かき傷まで確認できた。いったいどういうことなのか、わからない。
ふと私は、どのようにすれば同じような手形をつけることができるのか考えた。
ちからのない赤子に痕が残るほど、叩くことができるはずもない。
大人が彼らの腕を持って、手を肌に叩きつけたら赤子のほうが怪我をするはずだ。
どうやったら、そんな痕が――。
それを男に尋ねたところ彼は嬉しそうに笑って、
「そこが面白いんですよお。だから止められないんです、怪談スポット巡りぃぃ」
霊感ではないが（コイツ長生きしないな）と私は思った。

第九十五話

昭和五十五年、M代さんが次女とふたりで暮らしていたころ。

M代さんの友人が亡くなった。持病だった喘息《ぜんそく》の発作をおこしたのが死因であった。葬儀には同年代の仲間たちが集まり大勢が悲しんだ。もともと虚弱だったことから寿命であると納得する者もいた。葬儀は滞ることなく無事に終了したそうだ。

それから四十九日が経ったころ。亡くなった友人の家族から「形見分けをするのできて頂けないでしょうか」と連絡がありM代さんは仲間たちと集まった。友人は広い自室を持っていたので物が溢れていた。遺言もなかったので、好きなものをひとつだけ持ち帰ってもよいということだった。仲間たちがアクセサリーなどの小物を選んでいく。自分はなにをもらおうかM代さんは迷っていた。

ふと枕の上にある棚、ベッドボードに置かれた人形に目がいく。

おかっぱ頭のきれいな和風の人形で、まだ新しそうなものであった。

M代さんはそれを妙に気にいり、形見の品として選ぶことにした。

人形を持ち帰ったその夜、不思議な夢をみた。

M代さんは物音ひとつ聞こえない、うす暗い畳の部屋に立っていた。

部屋はお香のようなにおいが充満していて、彼女は（いい香りだな）と思ったそうだ。

ふと部屋のすみに目をやると、何者かが正座しているのがわかった。

シルエットから察するに男である。じっとして動かず、M代さんに背をむけていた。M代さんが不思議に思っていると、彼の顔の角度がやや上をむいていることに気づいた。

どうやら男性は壁にかかった能面を見つめているようだ。彼女が（なぜそんなにお面を見ているの？）と思った瞬間、男性は躰を動かさず首をぐるりと真後ろに回転させて、

「もう——どうしようもない」


朝食をつくりながらM代さんは変な夢をみたものだと首をかしげた。

おきてきた次女が目をこすりながら台所にきて「怖い夢みちゃった」とつぶやく。

「私もなのよ。どんな夢だったの？」

「うーん……あんまり覚えてない。なんか怖い夢」

朝から気持ちの悪い話をしたくなさそうだったので、M代さんは追求をしなかった。

次女は朝食を摂ったあとすぐに出勤していった。

M代さんは洗濯物を干して、部屋の片づけをはじめた。

掃除機をかけようと仏間にいくと、部屋の真ん中にあの人形が落ちていた。

昨夜、家に帰ったときリビングにあるタンスの上に置いたはずだ。

どうしてこんなところにあるのだろうと不思議に思いながら人形をリビングにもどした。

また仏間にいき掃除機をかけているとガラスの欠片が落ちていることに気づく。

仏壇を見ると亡くなった夫の遺影が割れ、まわりに破片が飛び散っていた。

第九十六話

数日が経った昼間、近所に住む長女が孫を連れてM代さんの家に遊びにきた。

彼は一歳にもなっていなかったが、ハイハイで移動することができる。長女とM代さんが世間話で笑っているあいだも、声をあげながら部屋をうろうろと動きまわっていた。

突然、孫は火がついたように泣きだした。

M代さんと長女が「あらあら、どうしたの」と立ちあがって彼のところにいくと、大粒の涙を流した右目の上がすこし赤くなっているのがわかった。

「どこかでぶつけたのかしら」

「……これが落ちてきて、顔に当たったんじゃないの？」

長女が指をさしたのは、絨毯に落ちている鉄製のキーホルダーだった。

孫のすぐ前にあるタンスの上に置いてあったものだ。キーホルダーがあった横には趣味で通っている手芸教室で作った小物や手まりが、あの人形と一緒に飾られている。

「お母さん……この人形、どうしたの？」

真っ青な顔をして長女が聞いてきたので「もらった」とだけM代さんは答えたそうだ。

「これ、なんか気持ち悪い。捨てたほうがいいよ」

「気持ち悪い？　どこが気持ち悪いの？」

「気持ち悪いよ。なんだかこの人形……目がまっ黒よ」

そこまでいうと「今日はもういくね」と泣いている孫を抱いて帰っていった。

M代さんはタンスの上にあった人形を改めて見つめる。

人形は無表情のはずなのに、なぜか笑っているようにも思えた。


夜になって、仕事から帰ってきた次女に長女と孫が遊びにきていたことを話した。

「なんか物に当たって、泣きだしちゃったの」

「それってタンスの上にある手まり？」

「ううん、キーホルダーよ……どうして手まりだと思ったの？」

すると次女はこんなことを話しだした。


二日ほど前の深夜、M代さんが寝室で眠っているときにリビングでテレビを観ていた。声をだして笑っているといきなり、ぽんッという感触が背中に当たる。ふりかえるとタンスの上にあった手まりが絨毯を転がっていた。

座っていたところからタンスまで距離がある。当たった感触から――まるでだれかが自分にむけて投げたようにも感じた。次女は（なぜこんな物が飛んでくるの？）とタンスの上を見る。置いてある人形の目がチカチカと点滅した。

瞬きをしている――。

そう思った次女はすぐにその場を離れて自室にいき、鍵をかけて眠った。

「なんかその人形がウチにきてから変だよ。夜、歩きまわるような音が聞こえるし……」

本当に普通の人形なの？　と次女は小声でM代さんに聞いたという。

第九十七話

　翌日、M代さんは人形を持って、亡くなった友人の家を訪ねた。

　もちろん、なにか知らないかと聞くためである。場合によっては人形をかえすつもりだったそうだ。玄関を叩くと友人の妹が応対してくれた。彼女はもともと近所で暮らしていたが、友人が亡くなってからこの家に住むようになったという。

「……そうですか。その人形がそうでしたか」

「どういうことですか？」

「ウチでも人形でちょっと……いろいろなことがあったんです。処分したのですが」

「処分？」

「はい。亡くなる一年ほど前、姉が人形を持ってきたんです」

　可愛らしいフランス人形でした。

「もらった」といっていたので、きっとそうなのでしょう。

どこでだれにもらったのかは姉にしかわかりません。

そのフランス人形がきてから変なことがおこりだしたそうです。

深夜に音がする。物が勝手に移動している。よく怪我をする。

姉は心当たりがあったのかすぐにフランス人形のせいだと思ったようで、どこかに捨てにいきました。

人形はひとりで家にもどってきたそうです。

捨てても捨てても、もどってくる。そういっていました。

妙な現象は増えていき、フランス人形はなぜかボロボロの姿になっていきました。

それと同時になにかが腐ったようなニオイが漂ってくるようにもなったそうです。

お祓いをすればなんとかなるだろうと思った姉はある日、住職を連れてきて「人形をなんとかしてくれ」と頼んだようです。住職はフランス人形を見つめると涙を流しながら、「人形は関係ない。怨霊になった男の『恨み』そのものが次々と移動して、人形にはいっている。何十年何百年ものあいだ人形からひとへ、ひとから人形へ移り続けている。この恨みは凄まじいもので、簡単に人間を操ることができるだろう。もしかしたら最初に憑いた——どこかにある『物』を探しているかもしれない。もしこれを壊したとしても次の人形か、ひとに移動する。手放す方法はひとつ。人形自身が移動する気になるまで待つこと。

もう仕方がない。それまで命があることを祈るしかない」

住職が帰ったあと姉は恐怖のあまり、すぐにフランス人形を燃やしたそうです。

油が焼けるようなニオイがした、といっていました。

その後、現象はおさまったのかと私が聞くと「多分、まだいる」と答えました。

姉に憑いていたのか、他の人形に憑いていたのかまではわかりませんでしたが。

――あなたが持ち帰った人形がそうだったとは。

姉は持病の発作による窒息死と皆にはいいましたが、本当の死因はわからないのです。

家からでてこない姉を不審に思った近所のひとがようすを見にいくと、蒲団のなかで冷たくなっていたのです。もともと家にあったその人形を抱きしめて……死んでいました。


それでもM代さんは家をでる前に人形をかえした。

「申し訳ありませんでした。できるだけ厳重に保管してみます」

そういったあと友人の妹はちいさな声で「ムダでしょうけど」とつぶやいた。

第九十八話

M代さんが鍵を開けて家にはいると、先ほど手放した人形が玄関に立っていた。

第九十九話

それから数カ月のあいだ、M代さんと次女はビクビクしながら暮らしていた。

夜になると足音が聞こえて（ああ、今夜も歩きまわっているな）とふたりは思っていた。

もう人形が移動していても、ふたりはもとの場所にもどそうとはしない。

ただ、いつ害を与えられるかと思うと気が気でなかった。

ある日、腐臭と共にボロボロになった人形がひとりでに、がたんッと前に倒れた。

怖がる次女をよそにM代さんは「……いい考えがある」と外にでていった。帰ってくると買ってきた京人形をみせた。次女は「新しい人形増やしてどうするのよ！」と怒った。

ところが間もなくして腐臭が消え、家の空気が変わった。

M代さんはすぐに人形をどこかに持っていき、かわりに手芸仲間を連れてもどってきた。

「あなた京人形好きだったでしょ。どう思う？」

「キレイな人形ね。どうしたのこれ？」

「気にいった？　もしよかったら持って帰ってもいいわよ」

その言葉を聞いた次女はぎょッとした。

「え、本当！　いいの？　もらっちゃっても」

「うん、そのかわり大事にしてね。とってもいい子だから」

そういってにっこりと微笑むM代さんの目は、人形の瞳にそっくりであった。

これらの話は、すべて次女から聞いたものである。

あとがき

怪談に限ったことではないが、どのジャンルの「実際にあった話」であろうと、言葉を選んで文字に変換した時点ですべては「物語」に変化すると聞いたことがある。

そこで私はいつも純度について考える。体験者たちから話を聞き集めて記録している時点で恐怖はうすれはじめる。さらにキーボードを打ちこんでいくことによって、書き手の感性や発想による単語の選びが「実際にあった話」を変化させていくのだ。怪異体験談を切り落とし、磨き、加工しなければ記録として成り立たないという矛盾が実にはがゆく、虚しい作業であると日々痛感しているが、ひとつだけ確実に高まっていくものがある。

それは「物語」を読み進めた、読者の周囲をとりまく異質な空間だ。

実話でなければならないという意味が唯一ここにある。

だれかが体験した怪異を一話読んで想像したならば、なにか思いが浮かぶ。だれかが体験した怪異を五話読んで想像したならば、脳内の映像がちからを増す。十話なら、二十話ならどのような変化があるだろうか。さらに四十話なら、八十話なら――。

九十九話を読んだあなたの知覚は、すでになにかの存在を捕えることができるまで鋭くなっており、普段はわからないささいな異常も敏感に意識できるはずである。怪を語れば怪に至るのは、この一連のシステムの流れが作用しているのだ。

最小限にそれらを抑えたければここで本を閉じて眠ればいい。

もうなにも感じたくないのであればテレビやパソコンなどの電子機器を使って、日常の感覚をとりもどすべきだ。

これはここまで読んでくれた、愛しいあなたに対する感謝を込めた忠告である。

伊計 翼

第百話

黒木あるじ

平成十年、都内にお勤めのEさんという女性が、大学生のときの出来事である。

ある秋の夕暮れ、ゼミを終えた彼女は仲良しの同級生と連れ立って、キャンパス近くの喫茶店で他愛もないおしゃべりに興じていた。

教授の悪口、危うい単位、シビアな就職戦線……はじめこそ身近な話題で盛りあがっていた〈女子トーク〉はいつしか恋愛の悩みへと転じ、好みの男性のタイプを経て、お互いの子供時代にまつわるエピソードへと移っていく。

と、目の前に座っている同級生が、おもむろに声のトーンを低く落とした。

「そういえば……昔ウチにさあ、おっかない日本人形があったんだよね」

同級生の話を要約すると、かつて彼女の実家には一体の市松人形があったのだという。

人形は祖母が知人から譲り受けたもので、もともとはたいへん美麗なものであったらしいが、彼女が目にしたころにはすでに黒髪が経年劣化で縮れ、肌も薄黒く汚れた有様だったのだという。そのためか家族はその人形があまり好きではなく、ガラスケースに収めたまま放置していたのだそうだ。

「眼球もなんだか濁っていて、それが微妙に怖くってね。それである日、ウチのママに〝あの人形、気味が悪いからいいかげん捨てちゃおう〟ってなにげなく言ったの。そしたら」

がたん、という激しい音に振りかえると、ケースの中で人形がうつぶせになっていた。

「足場だって別にぐらついてなかったし、そもそも狭いガラスケースでしょ。うつぶせに倒れるには、一回ガラスを持ちあげてから横向きにしないと無理なはずなのよ。で、もう大騒ぎ。ママなんか怯えちゃって〝お祓いできるお寺を探さなきゃ〟って電話帳めくりはじめちゃって」

結局、祖母のもとへ無理やり送りつけて騒動は解決したのだ、と同級生は話を終えた。

Eさん自身はその手の話に懐疑的な性格であったが、ここでいたずらに否定してしまっては、同級生の心証を害さないともかぎらない。口ぶりがわざとらしくならぬよう努めて、彼女は「なんとなく解る。人形ってさ、なんだか不気味だよね」と、曖昧な感想を述べた。

その言葉を受け、同級生が大きく首を縦に振りながら再び口を開く。

「そうそうそう、だから私、今でも人形って大っ嫌いなの」

台詞を言い終わったと同時に、がたん、と背後で大きな音が聞こえた。

同級生と顔を見合わせてから、おそるおそる振りかえる。

「えっ」

喫茶店のカウンターに飾られているピエロの人形が、前倒しに転がっていた。

マスターは反対側でコーヒーを淹れている。彼女たちのほかに客はいない。

「ぞっとしちゃって、彼女も私も無言でお勘定を済ませて店を出ました」

以来、Eさんも人形が大の苦手になってしまったそうだ。

竹書房ホラー文庫、愛読者キャンペーン！

心霊怪談番組「怪談図書館's黄泉がたりDX」

*怪談朗読などの心霊怪談動画番組が無料で楽しめます！

＊11月発売のホラー文庫3冊（「怪談売買録 拝み猫」「あやかし百物語」「「超」怖い話 仏滅」）をお買い上げいただくと番組「怪談図書館'S黄泉がたりDX-31」「怪談図書館'S黄泉がたりDX-32」「怪談図書館'S黄泉がたりDX-33」全てご覧いただけます。

＊本書からは「怪談図書館's黄泉がたりDX-32」のみご覧いただけます。

＊番組は期間限定で更新する予定です。

＊携帯端末（携帯電話・スマートフォン・タブレット端末など）からの動画視聴には、パケット通信料が発生します。

パスワード
983ewj4c

QRコードをスマホ、タブレットで読み込む方法

■上にあるQRコードを読み込むには、専用のアプリが必要です。機種によっては最初からインストールされているものもありますから、確認してみてください。

■お手持ちのスマホ、タブレットにQRコード読み取りアプリがなければ、i-Phone,i-Padは「App Store」から、Androidのスマホ、タブレットは「Google play」からインストールしてください。「QRコード」や「バーコード」などと検索すると多くの無料アプリが見つかります。アプリによってはQRコードの読み取りが上手くいかない場合がありますので、その場合はいくつか選んでインストールしてください。

■アプリを起動した際でも、カメラの撮影モードにならない機種がありますが、その場合は別に、QRコードを読み込むメニューがありますので、そちらをご利用ください。

■次に、画面内に大きな四角の枠が表示されます。その枠内に収まるようにQRコードを写してください。上手に読み込むコツは、枠内に大きめに収めることと、被写体QRコードとの距離を調整してピントを合わせることです。

■読み取れない場合は、QRコードが四角い枠からはみ出さないように、かつ大きめに、ピントを合わせて写してください。それと手ぶれも読み取りにくくなる原因ですので、なるべくスマホを動かさないようにしてください。

あやかし百物語

2016年11月4日　初版第1刷発行

著　者　伊計　翼
デザイン　橋元浩明(sowhat.Inc.)
発行人　後藤明信
発行所　株式会社 竹書房
〒102-0072 東京都千代田区飯田橋2-7-3
電話03(3264)1576(代表)
電話03(3234)6208(編集)
http://www.takeshobo.co.jp
印刷所　中央精版印刷株式会社

定価はカバーに表示しています。
落丁·乱丁本の場合は竹書房までお問い合わせください。

ISBN978-4-8019-0894-9 C0176